臺灣詩學 25 週年 一路吹鼓吹

鹽酸草

王羅蜜多 著

個人詩集 04

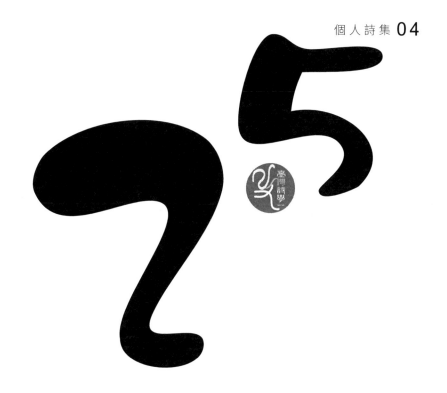

【總序】
與時俱進・和弦共振
——臺灣詩學季刊社成立25周年

蕭　蕭

　　華文新詩創業一百年（1917-2017），臺灣詩學季刊社參與其中最新最近的二十五年（1992-2017），這二十五年正是書寫工具由硬筆書寫全面轉為鍵盤敲打，傳播工具由紙本轉為電子媒體的時代，3C產品日新月異，推陳出新，心、口、手之間的距離可能省略或跳過其中一小節，傳布的速度快捷，細緻的程度則減弱許多。有趣的是，本社有兩位同仁分別從創作與研究追蹤這個時期的寫作遺跡，其一白靈（莊祖煌，1951-）出版了兩冊詩集《五行詩及其手稿》（秀威資訊，2010）、《詩二十首及其檔案》（秀威資訊，2013），以自己的詩作增刪見證了這種從手稿到檔案的書寫變遷。其二解

鹽_酸草

昆樺（1977-）則從《葉維廉〔三十年詩〕手稿中詩語濾淨美學》（2014）、《追和與延異：楊牧〈形影神〉手稿與陶淵明〈形影神〉間互文詩學研究》（2015）到《臺灣現代詩手稿學研究方法論建構》（2016）的三個研究計畫，試圖為這一代詩人留存的（可能也是最後的）手稿，建立詩學體系。換言之，臺灣詩學季刊社從創立到2017的這二十五年，適逢華文新詩結束象徵主義、現代主義、超現實主義的流派爭辯之後，在後現代與後殖民的夾縫中掙扎、在手寫與電腦輸出的激盪間擺盪，詩社發展的歷史軌跡與時代脈動息息關扣。

　　臺灣詩學季刊社最早發行的詩雜誌稱為《臺灣詩學季刊》，從1992年12月到2002年12月的整十年期間，發行四十期（主編分別為：白靈、蕭蕭，各五年），前兩期以「大陸的臺灣詩學」為專題，探討中國學者對臺灣詩作的隔閡與誤讀，尋求不同地區對華文新詩的可能溝通渠道，從此每期都擬設不同的專題，收集專文，呈現各方相異的意見，藉以存異求同，即使2003年以後改版為《臺灣詩學學刊》（主編分別為：鄭慧如、唐捐、方群，各五年）亦然。即使是2003年蘇紹連所闢設的「臺灣詩學‧吹鼓吹詩論壇」網站（http://www.

taiwanpoetry.com/phpbb3/），在2005年9月同時擇優發行紙本雜誌《臺灣詩學‧吹鼓吹詩論壇》（主要負責人是蘇紹連、葉子鳥、陳政彥、Rose Sky），仍然以計畫編輯、規畫專題為編輯方針，如語言混搭、詩與歌、小詩、無意象派、截句、論詩詩、論述詩等，其目的不在引領詩壇風騷，而是在嘗試拓寬新詩寫作的可能航向，識與不識、贊同與不贊同，都可以藉由此一平臺發抒見聞。臺灣詩學季刊社二十五年來的三份雜誌，先是《臺灣詩學季刊》、後為《臺灣詩學學刊》、旁出《臺灣詩學‧吹鼓吹詩論壇》，雖性質微異，但開啟話頭的功能，一直是臺灣詩壇受矚目的對象，論如此，詩如此，活動亦如此。

臺灣詩壇出版的詩刊，通常採綜合式編輯，以詩作發表為其大宗，評論與訊息為輔，臺灣詩學季刊社則發行評論與創作分行的兩種雜誌，一是單純論文規格的學術型雜誌《臺灣詩學學刊》（前身為《臺灣詩學季刊》），一年二期，是目前非學術機構（大學之外）出版而能通過THCI期刊審核的詩學雜誌，全誌只刊登匿名審核通過之論，感謝臺灣社會養得起這本純論文詩學雜誌；另一是網路發表與紙本出版二路並行的《臺灣詩

鹽_酸草

學‧吹鼓吹詩論壇》，就外觀上看，此誌與一般詩刊無異，但紙本與網路結合的路線，詩作與現實結合的號召力，突發奇想卻又能引起話題議論的專題構想，卻已走出臺灣詩刊特立獨行之道。

臺灣詩學季刊社這種二路並行的做法，其實也表現在日常舉辦的詩活動上，近十年來，對於創立已六十周年、五十周年的「創世紀詩社」、「笠詩社」適時舉辦慶祝活動，肯定詩社長年的努力與貢獻；對於八十歲、九十歲高壽的詩人，邀集大學高校召開學術研討會，出版研究專書，肯定他們在詩藝上的成就。林于弘、楊宗翰、解昆樺、李翠瑛等同仁在此著力尤深。臺灣詩學季刊社另一個努力的方向則是獎掖青年學子，具體作為可以分為五個面向，一是籌設網站，廣開言路，設計各種不同類型的創作區塊，滿足年輕心靈的創造需求；二是設立創作與評論競賽獎金，年年輪項頒贈；三是與秀威出版社合作，自2009年開始編輯「吹鼓吹詩人叢書」出版，平均一年出版四冊，九年來已出版三十六冊年輕人的詩集；四是興辦「吹鼓吹詩雅集」，號召年輕人寫詩、評詩，相互鼓舞、相互刺激，北部、中部、南部逐步進行；五是結合年輕詩社如「野薑花」，共同舉辦詩

展、詩演、詩劇、詩舞等活動，引起社會文青注視。蘇
紹連、白靈、葉子鳥、李桂媚、靈歌、葉莎，在這方面
費心出力，貢獻良多。

　　臺灣詩學季刊社最初籌組時僅有八位同仁，二十五
年來徵召志同道合的朋友、研究有成的學者、國外詩歌
同好，目前已有三十六位同仁。近年來由白靈協同其他
友社推展小詩運動，頗有小成，2017年則以「截句」
為主軸，鼓吹四行以內小詩，年底將有十幾位同仁（向
明、蕭蕭、白靈、靈歌、葉莎、尹玲、黃里、方群、王
羅蜜多、雲朵、阿海、周忍星、卡夫）出版《截句》
專集，並從「facebook詩論壇」網站裡成千上萬的截句
中選出《臺灣詩學截句選》，邀請卡夫從不同的角度
撰寫《截句選讀》；另由李瑞騰主持規畫詩評論及史料
整理，發行專書，蘇紹連則一秉初衷，主編「吹鼓吹詩
人叢書」四冊（周忍星：《洞穴裡的小獸》、柯彥瑩：
《記得我曾經存在過》、連展毅：《幽默笑話集》、諾
爾‧若爾：《半空的椅子》），持續鼓勵後進。累計今
年同仁作品出版的冊數，呼應著詩社成立的年數，是
的，我們一直在新詩的路上。

　　檢討這二十五年來的努力，臺灣詩學季刊社同仁入

鹽酸草

社後變動極少，大多數一直堅持在新詩這條路上「與時俱進・和弦共振」，那弦，彈奏著永恆的詩歌。未來，我們將擴大力量，聯合新加坡、泰國、馬來西亞、菲律賓、越南、緬甸、汶萊、大陸華文新詩界，為華文新詩第二個一百年投入更多的心血。

2017年8月寫於臺北市

【話頭】
汎入大海的詩翁

陳金順

　　無論畫家王永成抑是詩人王羅蜜多，佇我初初的印象裡，攏是彼个看起來古意古意的中年人。兩冬前的熱人，頭擺佇嘉義市文化局演藝廳相搪頭。彼日，我的小說〈竹篙鬥菜刀〉予五洲園掌中劇團改編布袋戲佇遮公演。開演進前，伊行倚來相借問，我才知面頭前這个人是佇面冊略仔交陪過的朋友。

　　紲落來，阮那來那捷交流，知影伊毋但是退休無偌久的公務員，尚且是久年踮畫布頂面種作的園丁，閣較予我感覺親切的，是伊嘛有咧寫詩，對華語詩寫到臺語詩，是一位詩齡少年的奧里桑。

　　這無打緊，看伊初出江湖寫臺語詩，才短短兩冬時

間，就牽出濟濟質素gió-toh的作品。這陣，伊共內中125首詩，集做《鹽酸草》欲來出版，拄好佮我常在鼓舞優秀作者出冊的起心動念相全。

根據作者分類，這本詩冊裡有85首散文詩佮40首分行詩。規本讀透透，我簡單用幾句話來講：就是伊遮的詩，毋是用艷麗字詞編織的詩網，是共生活體驗化做長長的句讀，遮的句讀裡有伊個人獨有的哲學觀佮美感經驗。

詩敢愛分行？在來無標準答案，對一位心頭扗定的創作者來講，閣較毋是問題。伊要意的是，詩裡所透露出來欲參讀者交流的心思意念，敢會當和對方相拍電？

按呢講來，散文詩抑是分行詩，只不過是一款外表的形式。作者佮意用濟濟散文詩來展現伊的詩藝，符合伊的詩風特質，嘛是當該然的代誌。

筆者偏愛第三輯「大海我閣來矣」彼36首「散文詩」。理由誠簡單，就是詩裡有厚厚的海風鹹味，透過伊畫家的手路，用文字描繪出一幅閣一幅真拄真的海景圖。

王羅蜜多的《鹽酸草》是伊的頭一本臺語詩集。我向望永成兄保持伊骨力的屈勢，不斷鍛鍊伊的詩藝，成做一隻泅入大海的詩翁。

———2017.8.27 寫佇赤崁南門仔

【話頭】
散步‧散心‧散文‧詩

王羅蜜多

　　徛家附近的虎頭埤，踅一輾較臨一點鐘。四常散步的所在。

　　我誠愛佇自由行踏當中，放浪全身，隨在靈魂颺颺飛，雲頂樹縫埤仔底四界烏白揣。定定有一寡話語家己浮上心頭，全時出現的意象可能近在眼前，也可能遠在千里外。

　　散步了後經常會寫出小品仔、散文、分逝的詩，抑是散文詩。不而過，這是採用慣勢的文類認定。我總是認為文類是後設的，統早的人寫佮講自然位內心發射，並無分類，後來煞愈分愈濟。而且現在文類相濫的情況愈來愈常在，有一寡文章誠歹分類，就像是美術創作的

鹽酸草

互相濫雜，媒材綜合，有人規氣就攏總共叫做視覺藝術。

我袂專工去寫一首「散文詩」，就像古早人用毛筆寫一封批，一篇蘭亭集序，並袂講伊這馬欲來創作一件「書法」作品。

通常是佇寫作當中，心思往分逝詩走，向散文詩走，抑對散文走，就看因緣變化。或且有當時，別人寫出詩性誠淺薄的散文，但自稱是「散文詩」，甚至將「散文」集冊，冊名號明是散文詩，我也會笑笑仔共讀，歡喜就好！

其實，我嘛看過公認的散文詩名家，一篇兩千外字的散文，就园佇散文詩集內底。不而過，詳細讀過，發現伊的詩人情懷，痟痟搦搦的話語行動，不斷流落佇長躼躼的文字當中。這是毋是詩？恐驚袂當單純用意象、隱喻、束結來論斷伊的詩質。

近幾冬來，我寫出來的詩文，攏誠緊就园上面冊，連同散步中所翕的「有感應」的景象。若講著文字的細膩斟酌，抑大幅修改，或規篇重寫，彼是以後的代誌矣！

寫詩，是輕鬆閣嚴肅的代誌，不過並毋是隨便抑嚴重的代誌。散步，散心，寫散文或詩或散文詩，暢心暢神，生命中的大事啊，何樂而不為？

目　次

輯一｜春天的穎

鹽酸草

輯二｜七里薟

輯四 ‖ 開剖海翁

輯五 ‖ 一張故鄉的形圖

鹽
酸草

春天的穎

春天的穎

春天逐跡攏是穎，有的對壁角旋出來，有的對石頭縫piak出來，有的對樹頭pok出來，閣有的uì鬢邊褸出來。

我掛老歲仔目鏡一跡一跡巡視，發覺啊，逐家的穎攏青青翠翠幼咪咪，按怎干但阮的殕殕兼粗絲，閣帶鳥屎色。

急診的醫生用超音波、斷層掃描檢查，哎呀，汝的頭殼內一群鳥仔飛來飛去，有時唸歌詩，有時講故事，莫怪汝逐暝ià-ià捙，目睭眨眨nih。

醫生出手掀我的天靈蓋欲共鳥仔喊走。俺娘喂！我驚一趒開門傱出去，看著春天的日頭已經佇雲邊出一穎。

鹽酸草

註：

穎：ínn，幼芽。

軁，nńg，鑽過。

ià-ià捙：ià-ià tshia，翻來覆去。

喊，hiàm。

驚一趒，kiann tsit tiô，嚇一跳。

（2017.3.19於臺灣詩路詩歌音樂會朗誦）

新春的囡仔嬰

春天的亂鐘仔giang giang叫，畫室頭前的鹽酸草，
一支一支醒起來矣。
佇甜蜜的眠夢中孵出來的囡仔嬰，好奇的目睭也一
蕊一蕊裼開。

恁第一眼看著的世界，是桂花阿姨妖嬌美麗閣兼有
hiù芳水的身軀。

註：
囡仔嬰：gín-á-enn，嬰孩。

（2016.3.20於臺灣詩路詩歌音樂會朗誦）

幸運草

厝頭前小花園，我從來毋知伊有幾坪。只知影生
活中，桂花一直大，玫瑰時常剪，韓國草焦去就
愛換。

彼日佇思慕微微的雨濛中，開門想欲拔去記持的
雜草，突然噗一下，一支黃色小雨傘拍開我心內的
門窗。

小雨繼續濛濛，翩翩蝴蝶飛過來，我佮愛人佇校園
裡的隱蔽角落，尋找四葉的幸運草，規目睭攏是愛
情的詩，滿耳孔全是青春的句。

現在，我已經真珍惜自然土生的鹽酸草，無閣補種
韓國草，就按呢黃色的小花蕊一工一工盛開，幸運
也一工一工成長。我想，毋管三葉或是四葉，這個
花園已經漸漸大漢了。

這款草

彼个褪褲膦的時代。

做穡人共囡仔擲佇壁邊。七坐八爬九發牙，也是真緊就大漢矣。彼陣，一日到暗趴趴走，定定踏（lap）過這款草。

伊只是哀一聲，袂講出名字。彼陣，我相狗。

彼个「弱冠」的時代。

讀苦學。五步唯一喙瀾，十步啄一下龜，有時會啄著這款草。酸微（bui）酸微。翻藥冊，叫做「酢醬草」。彼陣，我相雞。

彼个眠夢「三十而立、四十而不惑、五十而知天命」的時代。

淡薄仔歹田光復。一片（phiàn）玫瑰牡丹薔薇，春天的花蕊iap-iap爍。這款草，黜甲無看著身屍。彼陣，我相豬。

鹽_酸草

這个退而不休的時代。
身邊有紅菜頭佮竹仔枝。菜頭予人想著較早的囡仔
詩，竹仔指向另外一條明路。
這陣，我相兔。

兔才是我的原形。
兔逐工透早踮佇這款草的身邊。看伊春天暴芽，開
花結子。看伊一片二片三片，
有時四片，鬥佇心肝穎。

這款草，叫做鹽酸仔草。生湠幾若十年，猶原是一
群天真的囡仔嬰。
伊的面腔，親像我的早當時。

註：

褪褲𡳞：thǹg-khòo-lān，光屁股。專指小男孩沒穿褲子。

黜：thuh，鏟。

鹽 草
酸

籤王

這款的春天！天公伯仔還閣咧放冷氣，北風送來一
道道北平烘鴨的芳味。佇蓮潭邊穿羽毛衫釣金魚的
世間人攑頭看著一群群的白鶴向南爿飛去。伊感覺
見笑，額頭予黃昏的日頭公畫甲紅記記。

世間人放手……

伊的釣餌佮釣竿攏予魚仔拖拖去。世間人綴展開翅
股綴一群白鶴一層一層飛上天庭。天公伯仔坐佇
遐，左手捋半精白的喙鬚正手共搲頭殼，第三支手
對骹邊的橐袋仔插落去……

來來，送汝一支籤詩！

註：

骹邊：kái-pinn，鼠蹊部。

橐袋仔：lak-tē-á，口袋。

鹽_酸草

斑芝悲情

春天後母面，有時寒gí-gi有時熱欲死。

春分跤兜，公園的斑芝拄拄拍開門窗，歡歡喜喜行
出來。

想袂到外面有貼告示：

「限汝嫁三工，欲嫁較緊！」

斑芝花驚一趒，跋落土跤底。

免悲哀啊，欲怪就怪汝窗仔內的綿綿想思，會害人
著心病！

閣怪就怪汝出世毋著所在，四邊攏是無自然的紅毛
土山！

而且，春天的內內外外，逐家攏咧看FB啦，您足
驚病想思，就是毋驚化學武器。

註：

斑芝花季，住宅區附近為了避免棉絮飛揚，通常會噴藥催殘花兒。

（2016年刊登臺南新化社區報）

鳳凰紅記記

鳳凰徛壁，無穿ブラジャ。

伊點脂畫眉，妖嬌美麗，胸前的海湧挟來挟去。一群白雪雪的鵝公搖搖擺擺行過，當做無看見。

干但我戇佇橋邊，規面紅記記。

註：
ブラジャ：女性內衣。
戇：the，身體半躺臥。

一蕊退休的雲

時常裝做鳥岫，歇佇大路邊的樹頂看戲。

統精彩的是早起，一陣戰車衝衝衝，衝入十字路口的布袋戲棚，吐劍光，煙霧茫茫。

大學城的鳳凰樹原在，只是鳳凰變少了。三不五時啼叫幾聲，喀一喙血，準準滴落樹跤，老教授手上彼本古典的字帖。鳳凰的翅股是歷史的印記，一千年二千年，原在紅絳絳。

近午時分，一群青春蝴蝶翩翩而來，學士風，碩士服，頂頭日光閃熾，跤底一條黃金大道。

這是老教授的青春夢，有青梅竹馬，有才子佳人，有鬧熱的舞會。毋過，十二點鐘聲一響，攏變做阿姆阿伯了。攑頭，長長的鼓柄垂垂，鳥隻佇雲內大合唱。

鹽酸草

阿勃勒拍動我的心肝／
邊陲舊城鼓聲霹撲叫／
初戀的鳳凰猶然血紅／
故鄉厝瓦褪色擱墜落／

烏面抐梧

坐佇遮，天庭有一支大雨傘。青piàng-piàng的花草，密睭睭的枝骨。

坐佇遮，地面有一支小雨傘，花草殕殕，枝骨疏疏，不時愛沃墨汁。

有一工我當咧沃墨汁。規頭規面規胸坎規腹肚一尾一尾烏漉漉的文字泅來泅去。無人看見，只有家己暗暗仔歡喜。

無疑悟雄雄一陣風搧來……紲反雨傘花，詩句一蕊一蕊颺颺飛。我攑頭金金看，啊，敢是故鄉的烏面抐梧？

鹽酸草

註：

烏面抐桮：oo-bīn-lā-pue，黑面琵鷺。

密朒朒：bat-tsiuh-tsiuh，形容非常緊密。

大腸鏡

照大腸鏡了後，一直感覺腹肚內有一面鏡，致使我每講一句話，做一個動作，攏真無自在。為按呢，規工悶悶不樂。

這面鏡，敢是位腹肚照到胃，同時透過肝膽，反射到內心？不過我的腸仔彎彎越越，可能也沒遐爾仔容易吧！重點應該是，醫生有佇腸仔內刮去一寡疑問，牽聯到生活態度佮生命意義的問題。

下晡去散步，鳳凰樹已經真少落紅了，但是真濟長長黑黑的物件落甲規土跤。這是腸仔嗎？若是，應該屬嘴通尻川彼種，若按呢，照大腸鏡就毋免伸遐長，佇喙口就會使得。

鹽酸草

　　我撋頭裝出哲人的表情看向樹尾，哎，鳳凰是一種
直腸的吉祥鳥，毋過足久就絕種了。

（2015.10.3臺中文學館，

臺灣詩學‧詩腸鼓吹活動朗誦）

鳥仔

幾若冬囉，目尾附近的小山崙有一个斑。逐時照鏡，伊會掠我金金相，親像欲講啥。

有一工看伊憂頭結面，雄雄想著，一定是屈甲真鬱卒啦！我就共伊畫一副翅股，「去！放你自由飛矣！」

無疑悟伊日時毋出門，暗時颺颺飛。有時飛上天庭，有時捽過目睭，有時閣來歇佇喙角，踅踅唸。閣較魯的是，有時會徛佇鼻頭，予我鳥屎面。

擋袂牢啦！因為一再警告，也是無路用，趁伊咧睏我緊去找醫生。

鹽_酸草

這个醫生真高明，用鳥擗仔擗三下，伊就死死昏昏
去矣！醫生閣予我麻醉藥，講一日抹兩擺，才袂閣
活起來。

為啥物，下暗緄睏袂去。是咧懷念我的鳥仔嗎？
啊，我青春的鳥仔，一去不復回！

註：
鳥擗仔：tsiáu-phiak-á，彈弓。

偉大的煉金術師

蛄蜅吱了最後一聲，覕佇樹跤的我，就開始期待
黃昏。

黃昏來去無聲無說。伊的聲說總是藏佇雲尪的跤
步內底，夾佇歸鳥的翅股內面，崁佇膨鼠的毛絲
下跤。伊佇我頭前暗暗仔徙來徙去，一點仔聲說
都無。

黃昏終於揹一身軀紋銀出現，一時仔，又閣將大堆
黃金帶走了，一屑仔嘛無留。

不而過，黃昏並無痟貪，因為，伊會將全部的黃金
閣重翻，佇明仔載天光時陣，彼粒億萬足的日頭，
猶原會金鑠鑠跳出來！

黃昏，是偉大的煉金術師。

註：
蚻蜎：kiat-le，蟬。

（2016年刊登臺南新化社區報）

清明 · 失落

黃昏的鳥隻歇佇岫，看清明。
伊遠遠看著胸坎，佇煙幕中軁過小路。近近看著腹
肚幌來幌去，行出路口。

清明恬恬等甲日頭落山，徛起來。
伊佇烏暗的目窗內，看著小路、奶頭、肚臍、鳥
岫、墓頭，做一下失落。

註：
軁，nǹg，穿過。

鹽酸草

阿膠佮阿葉

阿膠佮阿葉相遇，佇大海。

怹相借問，汝位佗位來？

「我住佇山跤的橄欖樹頂，有一工有人遏一gim，
欲去講和。我半路跋落來，閣予一陣風吹落水，綴
落流浪來到遮。」阿葉蔫蔫，講話有氣無力。

「我住佇市內鳥仔公寓內底，有一工予人揆出來，
飛落大圳溝，落尾流對遮來。」阿膠腹肚膨膨，中
氣有力，毋閣內底的回音，若敢另外有人咧講話。

時間一日一日過，阿葉變做水烌，無外久，就綴雲
煙上天堂去矣。阿膠，卻是袂爛袂漚，規腹肚厭
氣，內底閣關一群阿葉仔的姐妹仔，和平使者。

哎，落土時八字命，毋免傷怨嘆。不而過，彼群阿葉仔的姐妹仔，算是真衰。

註：
蔫蔫：lian-lian，枯萎貌。

鹽_酸草

露螺

日頭赤焱焱，有殼的會使勻勻仔趖，無殼的愛緊行。
看起來是，後壁這隻較歹命。毋過，落尾，攏是有殼
的走去餐桌頂，無殼的佇草埔仔自由行。

有一工，伊手腕掛一隻露螺去小姐部啉酒。規堆半ló
老的緊緊起動馬達，駛入來這個搖搖擺擺的殼裡底。
恁攏毋知影，有一隻無殼的蜈蜞恬恬仔旋出來矣。

這個時代，連遮也流行小鮮肉，真正是，唉！講進
化，尾tàu也是無殼的變有殼，有殼的變空殼。唯一
全款的是，攏會唱歌佮牽詩。

註：

趖：sô，蟲類爬行的動作，形容動作緩慢。

蜈蜞，ngôo-khî，水蛭。

旋，suan。

鹽酸草

皺皮水雞

一路行來，真濟所在有大粒石頭，頂面刻古早詩。
前幾首看起袂穤，毋過橋邊這首，敢若有一點仔
油。我講完，日頭就落山了，古早的詩人也跳入水
底，無影無蹤。

吊橋面頂有一寡人咧翕相，按下快門的時陣，情意
閃閃爍爍。我這個不解風情的遊客，只好將恁的笑
聲收入冊包內，回轉去寂寞的所在。彼的所在，有
一隻皺皮水雞佇古井外，噗噗跳。

註：
袂穤：bē-bái，不錯。

夢洩

無法度共日頭釣起來的時陣，我心頭霹噗跳，吊佇橋頭。也只好離開心頭，將肩頭藏入水底，走揣茫茫的他鄉外里。

拄才釣起閣放落的紅新娘，一尾一尾變做美人，頭頂攏插一枝金黃色的阿勃勒。這是啥物款的所在？看起來毋是龍宮，亦無蝦兵蝦將。

講到紅新娘，本是我統愛呼的魚仔，為什麼會將伊放生，我也想無。而且，這時陣阿勃勒攏謝去了，為什麼愬閣有遐濟花蕊？

我閣向前行，來到一個油燈閃爍的闊曠房間，四月有真懸的壁堵，面頂畫著我的過去佮未來。壁頂一

鹽酸草

面小窗，無鎖，貼單寫紅字「禁止開」。毋過愈禁
愈想欲開，這是人的天性。我出手一下就拍開，啊

一陣強烈的日頭光流洩入來。原來，已經天光了。

梅姬發飆彼一瞑

無形的心予無影的風圖甲薄縭縭，幼絲絲。
一條條親像血筋，釣起……
深海的鯰魚，噗噗哮，哀哀旋，
佇這个海水溢上嚨喉管的
多情的城市

註：梅姬（MEGI）颱風，意譯為鯰魚。

鹽_酸草

流浪的皮

細漢若聽講，皮繃卡絚咧，尻川phué就墊物件。

風颱來了，行道樹的皮攏繃真絚。毋過，繃傷絚的
就裂開，一片一片墜下，被風吹遠遠。

這片流浪的皮，跟隨我的跤步，盤山過嶺欲揣樹
頭。伊順露螺形的山路，一輾又一輾。可憐，伊還
毋知影大樹早就倒落，被人分屍，送去天國了。

伊踦佇橋頭聽水聲看雲影，閣親像黃昏揣無岫的
鳥隻。

註：
絚：ân，緊。

風颱

蘇迪勒終於走了，這個名號真奇怪。蘇俄，敵人，西特勒。

透早，一寡抱著長春心情的人原在佇東倒西歪荒荒廢廢的公園內做運動。

樹頭無夠深無夠在的攏倒落了，樹尾傷長傷戇（giàng）的攏斷去矣！有一叢百外年歷史的，雖然樹頭真在樹尾也無戇，卻是被東南派佮西北派的旋風硬挽硬掣，賭強拆做兩爿。

毋過，牆仔邊這兩隻一二百冬的大砲，任人徙來徙去煽來煽去，攏嘛踞甲好勢好勢。

註：
戇：giàng，不規則突出。

鹽_酸草

命底

落土時，定定予人嫌臭賤，剁甲碎iām-iām。兼，
用酷刑燒伊的骨肉。
定定伊攏嗯嗯，哀兩聲爾爾。

毋過有時陣，伊嘛會擋袂牢，怒火沖天，將尊貴的
龍樹hut甲歪腰，托（thuh）楹仔。兼，天黑一爿。

閣有時陣，割草刀嘛會較同情草仔的八字命。

瓦柿仔

佇愛河邊，抾著一片瓦柿仔。我問伊佗位來？
伊未開喙，目屎就四淋垂，親像一面水沖。

講起話頭長，六冬外前，莫拉克彼一暝，伊雖然走
有離，嘛是予雨水衝落楠梓仙溪，流入荖濃溪，閣
越去高屏溪，毋知經過幾十暝日，才來到愛河。從
此就佇遮流浪矣！伊真思念失散的親友，毋過一直
無法度轉去。

我聽甲神神閣真同情，就牽伊的手，行入水沖。位
愛河順著高屏溪，老濃溪，楠梓仙溪，經過七暝七
日，終於倒轉來伊的故鄉，小林信義街。

佇土底的厝頂，一欉阿立祖種的茄苳樹跤，伊的阿
公阿嬤阿爸阿母阿兄阿姐小黑小花相攬倒規排，看
起來伊佮家人欲團圓囉。雄雄，

鹽_酸草

一聲陳雷，「人客來了，逐家緊起來！」我攑頭，
額頂親像有光。

註：

瓦桸仔，hiā-phuè-á，瓦片。

水沖，tsuí-tshiâng，瀑布。

（2016.6.11臺灣詩學吹鼓吹詩論壇
「詩與畫的交響曲」臺中文學館朗誦）
（登於野薑花詩集季刊16期）

掠畫骨

今仔日風誠透，河邊有一排樹仔咧辯話骨，磕來磕
去真大聲。您的目睭卻是金金泅佇水面，每一個目
尾頂面踏一個達摩，趔來趔去。

我行佇河岸，頂頭向東西，下面甩南北。雨水霎
霎，下一屑仔就閣回轉去天庭。
我攑頭看，雲分兩爿，一爿是耶穌的面，一爿是達
摩的尻川斗。

這予我想起昨暗，將胸坎頂的圖正掛倒掛，舞規
暝，就是掠袂到畫骨。

寒露

深秋的下晡，「安迪臥荷」麿滿規個湖面，花蕊早
就謝去矣。

伊用叫魂的聲講，來吧，不管是狗蟻、壁虎、四腳
仔、田嬰，
或是青春的鳥隻，攏總來，若有

徛上我的葉頂，就予汝出名十五分鐘。

七里薆

七里薟

正四廢，諸事不宜，一家大細去食薟。

薟店位面紅甲後擴，位頭紅佮尾溜，規內底紅帕帕。桌頂一鼎薟湯，不管豬頭牛頭雞頭鴨頭魚頭石頭啥物碗糕攏捘落去，萬項皆宜，見薟就好食。

汝看，湯頭強強滾矣！
老大的啖一下，嗯，小可仔薟。
老二的khat一喙，啊，淡薄仔薟。
老三的啉一點仔，哎唷，真正有薟！
老四的規碗捧起來，倒落喉……俺娘喂呀！

手拎絪絪，舌紅記記，吐出去七里外遠。

鹽酸草

註：

薟：hiam，辣。

正四廢：新曆十一月二六，農曆十月十五，農民曆記載「正四廢」。

後擴：āu-khok，後腦杓。

吐，thóo，伸出。

洗身軀

車佮人全款，時常愛洗身軀。只是，袂當用燒水。
洗身軀時陣，伊耳空iá利利，目睭金爍爍，全神戒
備。驚水傷強，驚土跤傷滑，驚蓮蓬頭烏白濺，閣
驚人趁機會消môo。

有一擺當咧唱歌，服務的查某囡仔來捒窗仔。
「啥物？胳耳空？啥貨？骹邊？」伊驚一趒，趕緊
撢手講毋免。
查某囡仔越頭大聲喝，「免啦，免啦，後pû仔嘛免
啦！」

我位巴庫尼仔看著伊共隔壁的少年家偷覝喙，敢若
咧講細聲話。
「哎，老爺車啦！」

鹽
酸草

註：

1. 胳耳空：kueh-hīnn-khang，腋窩。

2. 覕喙： bih-tshuì，抿嘴。

3. 巴庫尼仔： Ba kù ní，臺式日語，後照鏡。

大頭崁仔的布袋戲

午後時分
我佇雨傘樹跤打牛湳
大綠幕後片的雀鳥咧唸經
樹跤的膨鼠傱來傱去
想欲遠離顛倒妄想

一道金光軁過枝葉間彎彎越越的空縫
正正拍著我思考中的額頭，轟轟
唅呵！
一江山提著萬里流星劍
一筆一劃，刻出復仇的文字

午夜時分
大頭崁仔的布袋戲
一字一字跋上眠床頂

鹽酸草

我伸手四界揙（sa）

無疑悟揙著一粒碇硞硞的

樹仔籽

註：

《打牛湳村》：宋澤萊著，2000.10初版一刻，2012.7初版三刻。

〈大頭崁仔的布袋戲〉：係書中一篇（P277），轟轟、唷呵、一江山、萬里流星劍等引用自本篇。

雨傘樹：欖仁樹。

布袋戲（一）

布袋若入江湖的沙，疊懸懸，就變做戲棚。
布袋若崁利害的掌，就會拍來拍去。紲落，
拳頭母拎起來，bok甲死來昏去。這時陣，
手指頭仔青暝。目光的，是幕後監視的兩蕊。
楞楞的，是戲棚跤捒來捒去的目睭尾。

有時陣，指頭仔挨出布袋，指天拄地，無影無跡嘛
會講甲一枝柄。

細漢，惡性補習的教室，老師歹（pháinn）甲死
tsé。
學生就偷掠布袋戲，摺紙，中央挖一空。老師是西
北派的妖道。
無疑悟出破的時陣，千心魔佇後壁激鼻聲，秘雕嘛
走去覕。

鹽_酸草

四邊的道友攏好勢好勢，干焦我按呢，衰尾道人食竹
仔枝。

彼時陣，我穿的是麵粉布袋，挖三空，美援的輕便裝。

美援的衰尾道人，到甲高中時陣，連教官予人崁布
袋，都有代誌。

這馬佇黃昏的虎頭山跤啉咖啡，看雲尪從來從去，虎
豹獅象。

我懷疑，人生若是走馬灯，我就是賣唱生。

註：
拎：gīm，緊握。

（刊登2016.10臺文戰線第44號向布袋戲致敬專題）

布袋戲（二）

國校彼時，佇學校毋敢講臺語，毋過
轉來厝書包抨（phiann）掉，就換講臺語。
阿爸阿母，帶頭講臺語，加半精白的日語。

彼時陣，我統愛看布袋戲。
時常暗頭仔食飽就旋出去廟埕的戲棚跤，
看甲神神麋麋，看甲目睭出火金星。
看甲阿爸的大手捗（pôo）像拈田嬰，拈我轉去。

彼時陣，我上愛布袋戲的口白。
內底有文音武音俗音閣有七千（tshī-tshian）話，
有時軟莁莁硞硞輾，有時金光強強滾，烏魚炒米粉。

到甲初三，電視內底才有布袋戲。
黃俊雄布袋戲，轟動武林驚動萬教，勝過這陣的八
點檔。

鹽酸草

做穡人鋤頭囥lè，秧仔放lè，就是欲轉去看布袋戲。
彼當時，電視機真少，囡仔兄攏嘛下斗勾歸排，仆佇窗仔垾。

最近這幾冬，我食老出癖，開始寫臺語文。
有時囥FB，有時登雜誌，有時，閣會參加唸歌詩。
定定有人會好奇，為啥物，臺文寫甲遮爾扭掠？
為啥物，臺語唸甲遮爾滑溜？

我攏回答伊，啊，因為布袋戲！

註：
七千（tshī-tshian）：頑皮戲謔。
軟荍荍：nńg-siô-siô，有氣無力的樣子。
扭掠：iú-liah，敏捷。

（刊登2016.10臺文戰線第44號向布袋戲致敬專題）

日頭佮樹仔的對話

日頭位東到西，對頂到下
舞弄規工
樹仔原在徛挺挺，目睭轉輪

日頭吐大氣
「唉，我舞甲規身軀燒烘烘，汝一點仔都無顫būn
著？」
「按怎風小可弄一下，汝就頕頭攃手笑甲遐厲
害！」

樹仔目尾捽來捽去，開喙就共酸
「想看覓，風來真清爽，雲來像涼亭，雨來閣會共
阮洗身軀。干但汝，規工傱來傱去，做無半項代
誌。」

鹽酸草

日頭心肝惝惝，目尾垂垂
「樹仔就是樹仔。阮欲來去轉矣！」

人佮神的對話

人類：「阮的頭殼勝過天，雙手嘛萬能。」

上帝：「按呢，共汝考一个統簡單的，」

「汝踮虛空中畫一座山，踮山頂發一欉樹仔，予我看覓。」

人類：「彼傷簡單嘞，我用煙火畫，閣兼射飛彈，予汝睨無路。」

上帝：「嗚……這馬的人真正有夠囂俳！」

註：

囂俳：hiau-pai，囂張。

佮日月對話

午後六點捅
日頭公褪著淒微的目睭

「艾莉無來，好佳哉有汝來做伴
安慰阮的孤單……」

「毋過，霎霎仔雨，有時停有時落，害我拍見幾若
支雨傘！」

日頭公雙手攤開，送我一支真大真大的烏傘。
（月娘拄好睏醒，坐東向西佇眠床垺大聲喝：免傷
歡喜，彼支毋是雨傘，嘛毋是洋傘，干但會遮我的
光爾爾！）

彼時陣，無來的艾莉，一直佇東海岸興風作浪。

註：

捅：thóng，超出範圍。

拍見，phàng-kìnn，遺失。

鹽酸草

佇彌陀的林園對話

籬杜鵑：「我的葉是葉，花嘛是葉。」
（一个遊客行過去）

阿勃勒：「我的葉就是葉，花就是花。」
（閣一个遊客行過去）

兩个開始相諍。
籬杜鵑：「阿伯嘞，人若執死訣，不時就離離落落。」
（又一个遊客行過去）

阿勃勒：「阿鵑籬，毋聽老人言，吃虧就在眼前！」
（又閣一个遊客行過）

旁邊，釋迦枝上的五月花，逐蕊都微微仔笑。

伊講：「我的花毋是花，葉嘛毋是葉。」

「毋過，我的果是正果。」

（幾若个遊客行過）

歇佇釋迦頂頭的鸚哥，一面食一面叫：

「正果！正果……」「好食！好食……」

一群遊客行去路邊買正果，一个人用指頭仔揆伊的
伴侶：

「毋通揀傷正傷媠的，彼有肉眼看袂著的蟲洞。」

註：籬杜鵑，又名九重葛、三角花、葉子花等。

鹽_酸草

風景話

一陣人去遊山玩水，看到一片真嬌的景色，無張持
做一下咻出來：
「啊，風景如畫！」

上帝拄好微服出巡，四界欣賞家己的作品，雄雄聽
到這句話，真受氣，就霆雷公，將恁趕趕轉去。

上帝心情鬱卒睏袂落眠，落大雨。伊一直想，畫是
人畫的，風景是我創作的，莫非佇人類的觀念中，
我的風景是學恁的？

一陣人回轉來山跤的旅舍食飯，歇睏，議論紛紛。
「夭壽lè，雷公爍爁！昨昏的氣象報告比神較
準！」

上帝冥冥中聽著這句話，規腹肚火。哎，我的子民
啊，恁是咧講啥物麵線話？莫怪有人會主張神是人
創作的。

想到遮，上帝氣得衝（tshìng）煙，從此以後，心
情若無好，天就黑一片。

註：
咻：hiu，大聲喊叫。
霆，tân。
衝煙：tshìng ian，煙往上直冒。

鹽
酸草

頭神

有海水的腦鹹鹹，浸溪水的腦卡洴，hiù聖水的腦
會感應，唵符仔水的腦看袂著鬼，用淨水洗腦上
清氣。

聽講咱的七月初，陰間鬼門開，也聽講全時陣，天
主的八月中，是聖母肉體升天的日子。

今暝，跼佇規陣頭神中間，祈禱的聲親像用舌拍山
壁又急又湍，泉水淋落我的頭殼，流向肩胛。

聖母的身軀是一座堅定的山，聖子的衣衫慢慢，浮
上面頂。七月半八月中，有真濟頭神也真濟水，只
是洗袂淨人間的怨恨。

註：

洴：tsiánn，味道淡。

七月猶未過

雨水一直伫土跤，suē……
七月，貞子佮灣生的好兄弟行相綴
順紲考察島嶼，這馬的屈勢

好兄弟四界有人請
食飽飽，無半句話
只有貞子暗暗仔眯，認真揣

「恁看恁看
高級的食頭殼，攏伫天頂飛
低級的駛兩輪，踮土跤蹚歸暝……」

貞子講煞雄雄，頭毛甩向尻脊骿
無目無luî
逐家攏tshuah一下

鹽酸草

註：

躂t：shê，摩擦地面。

tshuah一下，嚇一跳。

偷渡客

七月天頂暗眠摸，地面烏趖趖
好兄弟還無欲轉去，恁嘛咧數（siáu）想中秋節

恁聽講中秋，會看著天頂的月女嫦娥
佇一个親像天堂的所在

陰間的門猶（iáu）未關，恁就歸群覕佇河仔埒
真暗的竹phò跤
向天祈求，天庭的飛牒偷偷仔來載恁去

八月半到矣，一个月盤飛落來，金光閃閃
「來來，先檢查是毋是陰間的匪諜……」
「閣來，偷渡的代價：一粒目睭，
兼一跤一手！」

鹽_酸草

偷渡客驚甲呅呅掣，一直問理由。

「天庭的路直溜溜，毋免著兩蕊目睭。
而且彼个所在，欲收留的是殘破的靈魂。」

好兄弟參詳詳e，感覺還是陰間較好
歸群攏閣覗入去竹phò跤，等待
明年七月陰間的門閣開起來

雖然他知影逾期回營愛關警備，總是
比去天頂的監獄較好

註：
呅呅掣：phih-phih-tshuah，因恐懼而身體發抖。

七月lām雜詩

七月半雄雄，落大雨
鴨稠內的杜蚓一條一條，趖出來
七月半鴨仔，食甲粗飽粗飽。

一个好兄弟對湖邊飄來
歸身軀滲糊糊，伸手
像欲討牲醴

「*毋過，我的冰箱內底，干但园文字爾爾，無成腤菜。*」

我提出豬、牛、羊三字。好兄弟擗手，看無
換ti、gû、iûnn予伊，原在搖頭，聽無
我只好畫壁。豬牛羊、雞鴨魚、芋仔番薯佮小米

鹽_酸草

「おいしい……おいしい……」
好兄弟真歡喜，回送我一蕊目睭。

七月半，停雨矣
我的身軀呕呕掣，細膩
共目睭囥入去冰箱
予伊認真讀冊看文字

（刊登2016.12吹鼓吹詩論壇二十七號：

文字牽動傀儡──戲劇詩專輯）

七月半，來PLAY

月光暝，咱來耍乒乓
桌頭做裁判，啦啦隊排雙爿
逐家目睭鬼鬼，跤浮浮

Pinpon，pinpon，ponpin，ponpin
PinPin ponpon，ponpon PinPin

桌頂一粒目睭轉白仁，飛來飛去
真正有鬼

無輸贏啊，無輸贏
神仙難斷家務事，deuce

桌頭喝聲兼搖頭。桌邊好兄弟大氣喘袂離
一陣鬼鬼祟祟了後

無疑悟又閣是兩平手
輪到我發

這擺，我的目睭汝的目睭恁的目睭攏做伙上天庭
共玉皇上帝請示了後才閣斡倒轉來

caba，caba
桌頭親像予鬼拍著，喝甲無人敢聽

毋過汝的心頭掠真在
猶原勻勻仔來，沓沓仔摸
摸甲規粒地球發翅

飛出宇宙的籠仔外，到旦攏無倒轉來
真正有鬼啊

註：

摸，giú，拉。

旦，Tann，現在。

鹽_酸草

猴年還袂到

位烏山來的一个猴小姐，決心欲好好做人
伊點脂畫眉，穿旗袍袚珍珠，裝甲金爍爍
胸前，閣結一个十字架

猴年未曾到，山跤已經鑼鼓喧天，炮聲連連
佇101peh起peh落的一个查甫人掠伊金金看
愈看愈佮意，親像見著前世的情人

查甫人相猴，查某猴相人，八字拄好會合

洞房花燭夜，人真緊就褪光光
露出無肉閣毛聳聳的胸崁

猴，穿婧婧坐甲真定著，用藐視的口氣講
「猴咧，急啥物？」

註：

1. 烏山，佇臺南市南化區，有彌猴保護區。

2. 袚，phuah，披掛。

3. 相（siùnn）猴，相（siùnn）人，生肖屬猴屬人。

（刊登2016.12吹鼓吹詩論壇二十七號：

文字牽動傀儡──戲劇詩專輯）

六跤海翁

嘉義有六跤，較早是六个家庭佇遮墾地定居，開枝落葉，生湠落來。

臺灣海峽有大海翁，本來身軀頭尾攏真四序，泅來泅去。

想袂到有人帶著神使命，講欲予海洋陸地平均發展，先是共加二支跤，紲落四支，閣來六支，聽講會繼續增加。

海翁佇海底泅袂去，佇陸上袂曉行。

龍年開始，到現在猴年矣！還閣毋知欲按怎。

沖著鳥仔

臺灣的戶籍制度是綴日本來的。

逐屆選舉前就有一大陣人遷戶口。紅君為著欲競選，烏卒仔為著欲扶主公。這烏卒仔叫做選舉幽靈，掠著愛罰三千至九千箍。

毋過猶原有人毋驚罰，十外个人戶口遷去一間半倒的草寮內底。統譀的，有人厝拆了了矣，門牌攏掛佇電火柱，像時常歇佇電線的鳥仔，真是正港的幽靈。

最近足出名的沖之鳥，只有二塊榻榻米大，而且浮浮沈沈，人若倚佇遐，水漲起來，可能會沖著鳥仔吧。不而過，聽講有一百二十二个人設戶口，驚死人！

鹽酸草

我想彼塊門牌是貼佇海湧頂頭囉。講著海的幽靈，
應該屬媽祖婆管，軍艦對恁是無作用的。

我閣想，咱有一寡人足愛做幽靈人口，嘛是位日本
傳落來的。

註：
譀：hàm，誇張不實的。

島嶼的喙瀾

百年老樹的頭殼早就突出樹林。伊時常徛懸懸攤開雙手，拳頭拎絚絚，大聲喊喝，我是歷史統悠久，統勢生枝發葉的樹種，我的樹根滿四界，恁攏是我生湠出去的。

上代先，有一寡樹仔表示感恩，予伊熱烈的噗仔聲。年久月深，噗仔聲紲漸漸離離落落，眼神漸漸稀微。老樹擛懸的的手也愈捏愈絚，愈振愈厲害，終於頭毛落了了。

一隻深水的魚仔，恬恬仔泅，慢慢仔練功夫，伊的皮膚愈來愈金，身段也愈來愈嬌。有一工浮上水面，看著老樹用毛的形影，不禁同情起來。

鹽酸草

「來來，身軀彎落來，頭殼離水三尺，予我用島嶼的喙瀾共汝洗洗ê，保證不出三冬，頭毛發甲àm-sà-sà，兼會金光閃閃。」

註：
勢：gâu，能幹、有本事。
用：lut，脫落。

SAKU

宣布競選了後，一出門就被大陣黑鉎兼粗魯的物件
包圍。

「看法是按怎？」「想欲按怎？」「信心有偌
濟？」
雖然我內心恐惶，對遮搦綑綑定定一支翹翹的時
代，也需要正面去看待。

「我的政見是，為著生產的品質，咱愛掛SAKU」
講完，

一個笑容親像櫻花的女郎，手中彼支雄雄軟落去，
大聲哮出來：
「昨暝傷HI，未記得SAKU啦！」

鹽酸草

隔工，報導追查SAKU的答答滴滴，果然擠出一寡
祕密的問題。

註：
SAKU：臺式日語，保險套。
搦：lak，掌握。

光棍節

古早唐山過臺灣，四界流浪的查甫人叫做羅漢跤仔。

隨時代變化，羅漢跤變做「光棍」，一支光溜溜，無生枝落葉。

近代又閣進化，單身的查甫查某攏叫做「貴族」，一家數代有貴族叫做「貴族世家」，一个國家有真濟人單身，就叫做「貴國」。

下晡，行佇「貴國」的路上，遇到一个「光棍阿伯」，伊戴一頂七十年代的紳士帽仔，帽穗蕩蕩幌，行東西hiù南北。

伊激的姿勢，若親像，足驚人毋知影今仔日是「光棍節」。

鹽草

註：
幌，hàinn。

橋樑

細漢時陣，厝前種一欉椰，二十外尺懸，有人綁一
liâu梯佇面頂，毋過阿母總是竹篙鬥菜刀割落來，
kō-kō-liàn，乎大陣囡仔佇土跤抾。

後來，阿母腰無力，身軀一冬一冬彎，椰子也一歲
一歲懸。彼liâu梯續隨樹骨peh上天，阮大家攏摸
袂到。

最近阿母手術龍骨，一目一目疊佮直直直，樓梯揹
佇尻脊，有十字架的莊嚴，也像是一代一代，承續
的橋樑。

去了了

用數十冬修練的功夫
我將吊橋揹佇尻脊骿
向西方行去

一陣西風吹過來
空，進入我的目睭
鼻仔，耳門，喉洞
佮所有的毛管空

為啥物身軀會浮動起來
是我修練有夠，空的力量？
為啥物吊橋會發光
伊是一條神聖的道途麼？

無疑悟，
我一直向上，伊一直向下
我一直飛，伊一直溜
為啥物伊會遮呢仔滑溜
遐兼落落長？

天拍殕仔光矣，我哮出來
這世人是去袂到西方了！

雄雄有人拍我的肩胛
老公，汝是咧陷眠呢？
規个吊橋佮人，紲做一下跋對水面去！

註：
尻脊骿：kha-tsiah-phiann，背部。
拍殕仔光：phah-phú-á-kng，黎明。

鹽酸草

寫將

開車的是運將，整理房間的是內將，按呢，寫文章的是啥米將？

曾經住旅館，遇到一個內將。伊毋是歐巴桑，是嬌嬌的姑娘。

我拜託伊卡細聲，因為拄好想一篇文章。內將講，

阮逐工攏嘛在寫文章，阮檢查每一號房的內心，將感想寫佇紀錄表。

我看過的，有孤獨心，鬱卒心，也有情慾心，混亂心，另外有放假的心，微笑的心。介特殊的是，無心。

「妳看我是啥物心？」

「小心，小心的寫將。」

大海我閣來矣

茶話

「大海，我閣來呦。」
「走出去，就是行入來。
看！遮的骱邊沙，來來去去
已經數十年！」

「按呢，汝毋是大海。大海
是我細漢的名字，這馬
叫做，一杯茶。」

註：
骱邊，kái-pinn，鼠蹊部。

鹽_酸草

海邊無陳雷

大海，我閣來矣。

今仔日紮陳雷的臺語小說《最後e甘蔗園》來矣。
這本小說，拄才出爐的，燒燙燙，芳kòng-kòng。
欲買趁早，燒驚雄。
小說的冊皮是我畫的，冊肉是陳雷精心製作的。
陳雷佇加拿大做醫生，寫過真濟臺語小說，內容讀
得心頭霹噗跳，目屎四淖垂。

今仔日海邊無陳雷，只是海風翻開這本小說，一頁
一頁嘛嘛吼。
彼的時代，彼條歌，予人憤慨也悲哀。彼條歌，毋
是陳雷的〈今仔日風真透〉，而是陳雷的〈海風嘛
嘛吼〉！

大海，我欲轉去矣。我直直撲手，一方面共汝，一
方面共飛向七股海邊去彼兩隻烏面杴杯相辭。

註：
紮，tsap，攜帶。
烏面杴杯：黑面琵鷺。
相辭：sann-sî

鹽酸草

大海002

大海，阮閣來啦
今仔日，汝
親像咧欲揀上高潮
一直衝，一直叫
毋過
就是咬阮袂著

可惜……

註：
揀：sak，推。

大海003

大海，阮閣來了
目睭bui-bui看遠遠
佇汝嬌嬌燒燒的身軀頂
有無鱗的魚仔咧泅

這尾魚仔袂曉tiám-bī，毋免換氣
這尾魚仔雙頭尖尖，腰骨硬硬
閣兼拖一葩墜腸

伊一定是食汽油大漢的

註：

bui-bui：瞇眼。

tiám-bī：潛水。

硬硬，ngē- ngē。

墜腸，墜toing。

鹽_酸草

大海004

大海，阮閣來了。
今仔日是汝的大生日
汝規个胸坎鑽石袚鍊
歡頭喜面閃閃爍爍

海鳥一隻一隻飛來矣
海魚一尾一尾浮頭矣
眾神佇汝的身邊踅來踅去
烏雲一蕊一蕊走去覕
日頭公也目睭攏無nih
毋知落山，一直看汝

只有阮，只有阮
坐佇壁邊，佇燒燙燙的土沙面頂
等袟著單獨佮汝講話的時，只好

紮兩个蚵仔殼佮一束欲送汝的花
恬恬倒轉去

等汝有閒的時陣
才閣來找汝。

（2016苗栗縣第十九屆夢花文學獎佳作）

鹽酸草

大海005

大海我閣來呦。

這次我位麻黃仔縫飛入來，無留下一點仔跤蹄號。

汝敢知影夢蝶仙e捌寫過，汝講
「凡是踏我的跤蹄號來的，我便以我，佮我的跤蹄
號，予伊！」
不而過汝的跤蹄號毋是藏佇水裡，就是uàn-ah行
uàn-ah崁落土底。按呢，我是欲按怎踏汝的跤蹄號
去找汝咧？

所以這次，我是綴風聲佮海湧來的。請問汝，是毋
是會當予我一點仔風波佮水花？我有帶兩支空矸
仔來。

大海006

大海我閣來嘞。

我坐佇巨神像下面,鹹纖的風位跤縫歕過。
我徛佇防風林內底,青翠的風吹甲頭毛颺颺飛。

我行佇木造的小路頂頭,唉,伊的身軀予烘肉的彼
種人燒幾若空。汝想欲共撫撫咧,毋過風一直歕袂
入來,干但佇外口嘛嘛吼。

想著可憐的大海,我的目屎滴落來。

註:
鹹纖,kiâm siam,鹹而有味。
歕,pûn,吹。
撫撫,hu-hu。憐惜地觸拂。

鹽_酸草

大海007

大海阮閣來呃。

兩个蚵仔殼還汝，花已經蔫去。

「大海阮欲問汝，逐時講真濟話，畫真濟圖，毋過
攏無題目，到底為啥物？」
「汝看，石頭佮石頭哩哩磢磢，水湧佮水湧嗤嗤
呲呲，還有彼个姑娘面向南方講袂煞，是閣為啥
物？」

（大海一个湧伸出來，將蚵仔殼收轉去。）

註：
蔫，lian，枯萎。

大海008

大海我閣來哩。

昨暝厚眠夢，今旦日袂赴通做伙食早頓，真失禮。

大海汝敢知影，我昨暝夢起汝，頭殼頂的雲尪從來從去，恐龍規樹林，親像「侏羅紀」。夢起汝，身軀頂，海翁洄來洄去，煙火四界bū。夢起汝，腹肚底，龍蝦位龍宮走出來，一隻一隻蹕跤尾跳舞，親像「嘉年華會」。

閣夢起彼時陣，汝真想欲歕鼓吹，但是找無風螺。大海我已經來咧。我的耳仔真大mī，會使借汝歕，毋免歹勢。

（2016苗栗縣第十九屆夢花文學獎佳作）

鹽酸草

大海009

大海我閣來liàh。

我看逐工真濟人揣汝討物件，有人駛規隻船來，有人只想欲網一袋，有人干但愛一个螺仔殼爾爾，像我。

大海汝的度量誠大，凡是來討物件的，汝攏隨在伊提。聽講度量大，壽命會較長。祝汝，活甲無限無限濟歲……

大海010

大海，我閣來呃。
大海，彼个大橋
逐工má佇汝的身軀頂
齁齁叫，kńg-kńg叫，叭叭叫
有時閣會khok-khok-tiô

大海，汝真好性地
做汝軟軟仔流過伊的跤縫下
無講半句話。
只是，彼群毛蟹仔看袂過
定嘛相準伊的跤腿一直齧

鹽酸草

大海011

大海我閣來嘞
來遮濟擺，已經有人咧講
汝的心情像大海呃

我就越頭指向大海：
恁看，大海眠床邊彼欉麻黃仔
食真濟海風，鹹芳鹹芳，但是無營養
伊生做無青翠無勇壯，癉癉閣虛虛

我的心情就像彼欉麻黃仔
袂好額，袂偉大，毋過真歡喜
歡喜，逐工會凍看著大海喲

註：
癉癉，tan-tan，發育不良的樣子。

大海012

大海我閣來ǹg
因為落大雨，所以閬幾若工無來。

大海，我看汝這站予雨水沖甲虛累累，軟餒餒。
日頭落山就好通歇睏啦，彼愛耍的人嘛應該體會汝
的辛苦，疼惜大海。
大海我欲轉去nā，明仔載是肉粽節，我會綁一捾詩
予汝。

我的詩雖然無恁兜的澎湃，嘛閣有臊兼有菜。

註：
閬，làng，間隔。
沖，tshiâng。
軟餒餒，nńg-kauh-kauh，形容身體疲倦而全身無力。

大海013

大海我閣來喔

今仔日端午節、肉粽節、五月節、詩人節。真濟文字咧會屈原佮伊抱石頭跳水曲去的代誌。屈原一定真gâu泅水，才著抱大石頭。

我無真gâu泅水。閣時常會佇眠床頂學泅，狗爬式，自由式，坦敧式，笑天式，尾蝶式，但是，我統愛的還是四跤仔式。

四跤仔式。我定定嘛夢起佇汝的身軀四跤仔泅，跤thiok咧thiok咧，手掰咧掰咧，攑頭，閣會當看著汝胸前的水湧捒來捒去。

四跤仔式，若泅甲忝的時陣，就換徛泅，跤躘咧躘咧，會凍泅足久。

所以，我統愛泅四跤仔式。

我無真gâu藏水沫，通常是藏一會仔，就大氣喘
袂離。

毋過，若欲進入汝的內心，我就會入去真深，藏真
久。因為汝的內心有真嬌的花園，真水的風景，是
彩虹的萬花筒，是魚蝦的天堂。

汝的內心最驚有人揹氣筒，掛四跤仔鏡，穿四跤鞋
落去坉踏，去烏白掉。足驚有人去藏沫佇內底，毋
是純為著欣賞，而是想欲破壞。

大海，我的兩掠詩提來了，一掠臊，一掠素。日頭
也將近欲落海矣，我欲轉去囉。祝汝詩人節快樂，
我的大海詩人。

鹽酸草

註：

掰，pué，划水狀。

躘，liòng，踢水狀。

藏水沬：tshàng-tsuí-bī，潛水。

捾：kuānn，提。

大海014

大海我閣來矣

最近黗黗的水色，bui-bui的日光，是一个心悶的季節呃。

想起真早進前佇外島做水兵，真濟人袂泅水，予教官強制揀落海了後，有人酒矸仔泅，有人死囡仔𪘔，有人拍phòng泅，落尾，有人爬上岸，有人用扛的轉來，統歹運的，就莫閣講了。

彼陣，水鬼仔捌共阮講，大海的奶頭真大，拍phòng泅，tū就tū死。不如激死囡仔𪘔，酒矸仔泅，閣會予人救轉來。

鹽_酸草

彼陣，水神也共阮講，洄水愛去統深的所在，愈深愈會浮，愈好洄。

水鬼的話較好理解，水神的道理阮想到最近才知影。大海，阮已經知影，汝的子宮是統深的所在，佇彼的所在洄水，目睭瞇瞇，攏毋免姿勢。

大海，因為汝是阮的母親喲。

註：
魠魠：thûn-thûn，黑黑細微顆粒。

（2016苗栗縣第十九屆夢花文學獎佳作）

大海015

大海我閣來哩

這个蚵仔殼佇桌頂住幾若暝日矣
汝敢知影，伊逐暗睏眠的呼吸
定定會化做藍色的水湧，踮我的
數念頂面畫出汝的形圖

汝敢知影，伊逐个早起，目睭
被日光裼開的時陣，就會趕緊
欲探問窗仔口葉頂的水珠
關於大海的代誌

大海喲，蚵仔殼是屬大海
無合坐佇桌頂予人看娸。今仔日
tshuā轉來還汝，大海

大海016

大海我閣來唑

大雨pín-piàng叫，一直拍厝頂，躄土跤。
大雨是歹囝仔，黑道的，無法無天。
大雨發出千萬支箭射佇汝身軀頂，汝的哀痛攏予伊
的幹聲淹過去矣。

毋過汝敢是像孔明草船借箭全款，等一工好天，就
會用日光點火射倒轉去，加倍奉還？汝是有頭腦
的，毋是有勇無謀的莽夫啊！

大海，其實今仔日我無去。規街路澹糊糊，拄欲生
子的樹仔嘛嘛哮，吞食汽油的虎仔猛猛叫，我無
出門。

我只是坐佇畫室，佇幾若張汝的半身像頭前，神
神，家己講家己聽，爾爾。

註：
蹔：tsàm，踹、踩，用力踢或踏。
猛猛叫，mé- mé叫。

大海017

大海我閣來呢

汝已經睏甲鼾鼾叫，汝的鼾聲是一領黑色的棉襀被，崁佇月娘的目睭皮。

毋過，安平港的水兵精神了，親像夜間復活的博物館（彼塊電影），船艦的電火著起來矣，武器大炮挼出來矣，恁敢是刺客，欲來刺殺大海的？

好佳哉，彼的粗勇兼猛醒的床母倚起了囉，伊倚起了囉，佇汝的眠床邊顧牢牢，一尊擋萬兵。

大海，汝免煩惱，做汝穩心仔睏。

大海018

大海我閣來了。

雲若愈薄，汝就愈厚，厚tut-tut的腹內是真的，厚甲無法度測量。

雲若愈厚，汝就愈薄，薄縭絲的網紗是假的，偽裝做大海的。

雲光水影是假大海，愬是欲出來欺瞞畫家的目睭。

等待日頭去睏的時陣，虛花閃爍的人生就會收束做一條歌，一條大海吐氣的錄音帶。

這才是真象，毋是印象。

我講歸晡，汝哪攏無應我？大海啊大海！

（2016苗栗縣第十九屆夢花文學獎佳作）

鹽酸草

大海019

大海我閣來啦！

汝看，頭前的旗軍仔，已經佇趨顫幾若十暝日嘞，汝嘛共頂面的日頭講看覓，一官半職，或是掰一寡好空的予伊。定佇趨顫，實在真歹看相。

不而過，嘛無要緊啦，橫直這種攑旗軍仔，顫久就倒落，反來反去，一站仔就換去別跡顫啦！

大海汝看，敢毋是安呢？

註：
顫，tsún，抖動。
攑旗軍仔：giah-kî-kun-á，兵丁或指跑龍套的。
別跡，別jiah，別的地方。

大海020

大海我閣來咧

今仔日我有啉淡薄仔,行路攏行袂直
日頭嘛有啉淡薄仔,喙顆紅hua紅huah
海風啉真濟,規工嘛嘛吼

大海,只有汝,啉較濟嘛袂醉。
大海,是酒國英雄!

大海021

大海，我閣來唌

大雨tshiâng幾若暝日了
tshiâng甲天地強欲顛倒反
tshiâng甲汝內衫一直勾
勾甲看著肚臍

大海，彼个肚臍嘛親像目睭
予日頭燒燙燙的聲音，驚甲
目睭皮崁起來，目睫毛倒勾
大海，彼个肚臍嘛親像水母（海蛇仔）
予日頭利劍劍的眼神，看甲跤手虬虬

大海，我佇汝的腹肚邊，收跤洗手
遠遠，雨水閣佇雲頂大聲喝：回家吧！

我目晭瞇瞇，紲看著家己的形影，若像
海蛇仔佇故鄉的水底咧泅

註：

反，ping。

勼，kiu，縮小、收縮。

虯虯，khiû-khiû，蜷曲。

（2016苗栗縣第十九屆夢花文學獎佳作）

鹽
酸草

大海022

大海，我閣來哩。

這擺，我跕跤躡步，想欲偷聽汝的心事。

汝規暝講話哩lok叫，聽袂清楚。汝規暝反來反
去，閣親像咧做夢。佇汝的夢中，我親像看著汝揜
一張批予海鳥。汝將心事藏佇內底？

我只好攑頭問海鳥，只聽伊啾啾叫：
「禁止洇水，莫侵入我的身軀！」

天欲光，心頭彼葩小燈，強欲化去矣。

註：

跕跤躡步：Liam kha neh pōo，為了不發出聲音而踮著腳走。

揜：iap，藏、遮掩。

化去：hua—khì，燈火熄滅。

大海023

大海我閣來ànn。

汝看,佇我頭前閣頭前的進前,愛情一步一步伐過去,一跤是水,一跤是沙。

大海上知影,怹的愛情一爿是危險,一爿是幸福。Gông-gông的跤步啊,敢知大海的進前就是退後?敢知眠床年久月深已經塌一窟?

大海上知影,幸福或是無幸福的一對,正跤雖然還踏佇眠床,終其尾,總嘛是愛褪赤跤行完伊的人生。

彼時陣,大海ànn,汝暝日的經識,勝過恆河億萬沙!

(2016苗栗縣第十九屆夢花文學獎佳作)

大海024

大海我閣來嘍！

今仔日天拄光，琴箭孤絕風神子佮黑雲蓋世呼神王，約佇汝的厝頭前決鬥。

恁的約束是，啥物人先消滅日頭，就取得勝利。

大海汝看，這敢會是一場天昏地暗，日月無光的好戲呢？汝看，風神子搣開伊的琴弓，千箭萬箭對日頭射去。呼神王舞弄一身軀的刺毛刀，想欲將日頭消滅佇水底。

只是日頭笑微微，一點仔嘛無tsún-būn著。伊親像咧講，寬寬來，等恁舞甲虛累累，我少可仔發一下

功,就欲予恁倒踮土跤喘!一个青暝箭烏白射,一
个胡蠅舞屎坯,小丑仔閣想欲假英雄!

大海,汝想這棚布袋戲敢會是真精彩?雖然恁兩箍
光溜溜,攏無穿布袋。

註:
摸,giú,拉。
tsún-būn:不安的感覺。

大海025

大海我閣來了

透早，日頭公就tshuā伊的貓霧光來散步。岸邊，
彼支紅旗竿已經倒佇土跤喘。哎，佇風中顫三十工
矣，還無變大竿。我看著紲有一點仔同情。

毋過，日頭公共我講：天上天下攏全款，該汝的就
汝的，無該汝的，綿死綿爛嘛無路用。毋免煩惱遐
濟啦，汝看，大海已經絞一堆綿絲（花）糖共安
慰，等下輾輾e就一大苞矣。

大海，汝想，日頭公是講詼諧，還是，用詩句咧
開示？

註：
貓霧光，bâ-bū-kng，曙光出現時的光亮。

鹽酸草

大海026

大海我閣來唅。來招汝啉咖啡。

咖啡是千年咖啡,面頂崁一層千年雪。
雪花是千年雪花,裡底有千年的代誌。

咖啡杯有汝的喙,我的耳。
每啉一喙,佇汝的喙瀾內底,我聽著出世進前喘氣
的聲音。
彼是我的小海,伊有一條大溪,流向前世的前世的
前世……

咖啡豆是前世傳落來的豆,面頂的雪是一蕊一蕊
的花。
咖啡花,油桐花,茉莉花,七里香,李仔花,白梅
花,浪花……

滿四界白雪雪的記持，生命中白雪雪的代誌。

前世今生。

彼條大溪，今生就通向汝……

大海，咱來啉一杯「浪花問咖啡」。

關於愛情呃，千年雪瀉落萬年海，是啥物款的代誌？

（2016苗栗縣第十九屆夢花文學獎佳作）

鹽_酸草

大海027

大海我閣來了

這次位城北入來。大海
北門是長橋，城外風真透
一支宣布獨身的旗篙，大海
旗頭顫向旗尾，賰毛蟹陪綴

這次騎跤踏車，攏無越頭，大海
我的愛情漂浮佇城頂，自動輪昨暝
就暗暗仔泅出去矣！大海

大海028

大海我閣來哩。

已經真濟工無來，汝毋通對我感冒。
因為我感冒發燒，起交懍恂，歸身軀軟苶苶。
大海，跤尾若蓋無著，冷氣吹傷雄，
真容易感冒。大海，汝攏袂感冒，敢有啥物撇步？

大海，我麗佇眠床看小說，看甲頭殼冷冷閣燒起來。
我嘛想欲寫小說，寫大海……

位頭殼心寫甲跤底皮，位喉唇寫甲尾胴骨，
位胸坎寫甲腹內，寫甲心肝穎啊！

大海，我已經感冒幾若工矣，我擦鼻的稿紙攏是故
事的痕跡，
一步一步，親像大海的哀傷。

鹽酸草

註：

交懍恂，ka-lún-sún，身體因害怕或寒冷而發抖。

軟荍荍，nńg-siô-siô，有氣無力的樣子。

大海029

大海我閣來矣。
這次咱佇白沙屯相見。
長lóng-Sòng直溜溜的海岸線，伐甲跤痠。
比安平港閣較幼白的海沙，行過無跤蹄號。

大海，我佇遮行一下晡，
啉真濟海風佮日光，醉茫茫。
火車頂有人越頭，親像咧講：
啊，佗位流浪來的紅關公？

鹽_酸草

大海030

大海我閣來矣。

聽講幾若千冬前，佇汝面頂有一粒大玉石，浮出水
面，純淨無瑕，美灩似滴。
隨歲月流轉，愈來愈濟外來的苔蘚逐過來，一百冬
一千冬⋯⋯疊佇身軀頂。

紅色的苔蘚橙色的苔蘚黃色的苔蘚綠色的苔蘚藍色
的苔蘚靛色的苔蘚紫色的苔蘚⋯⋯層層疊疊，原住
的純淨美灩的玉石，紲變做黑崁崁的小島嶼。

佇底層的玉石喝出的抗議，像海咧吼，一湧閣一
湧⋯⋯一年閣一年⋯⋯
終其尾，遮面頂的攏愛向下面的道歉，紅向橙向黃
向綠向藍向靛向紫，向深海，一聲閣一聲⋯⋯

大海呵，雨後的彩虹已經嬌瑙瑙攤開佇汝面頂。

佇汝下面也若親像有一種深沈的迴響：逐家免自責

啦，統要緊的是，還阮本來面目，一粒純淨無瑕美

灩似滴的大玉石。

大海031

大海我閣來矣！
聽講上帝若關一扇門，
就會開一口窗，真正有影！
頂个月地府的門拄關掉，
這个月天庭就開窗矣！

汝看，雨神千萬个分身做一下拼落來！
恁將一寡人間的沙屑沖甲清氣清氣，
恁賜咱食賜咱啉賜咱洗浴，賜萬物成長，
閣賜咱有魚兼有蝦！

毋過，頂一輪的好兄弟四界有人請，
這一回的雨神家族紲無人辦腥臊！

大海呵，汝敢是捌聽雨神講過，

陽間普遍驚死，所以會較gâu

扶歹人！

註：

拼：piànn，大量瀉出。

扶，phôo，奉承。

鹽酸草

大海032

大海我閣來唰！

較早人講，娶某前生囝後，買獎券較gâu著。這馬
的人，講風颱前大雨後寶貝較濟。

汝看，怹挨挨陣陣，用行的，騎オートバイ的，駛
Benz的……，攏來矣。
怹欲找的生物毋是上帝創造，而是電腦神的傑作。
叫做Pokemon，四界趖，有時佇路面，有時徛公
園，有時踮山頂，閣有時覕海邊。

大海，二十一世紀的電腦神福音敢若勝過上帝。不
而過，嘛會惹出禍端。聽講若予伊電著腦，就會天
昏地暗，冥冥渺渺，末日欲來全款！

大海033

大海我閣來矣
這次咱約會的所在，三鯤鯓
是幾若百歲的海翁
伊个聲音真清涼，動作幼mī-mī
伊將歲月藏佇腹肚底，伊猶原
是青春的情人

大海敢知影，汝內心的彼片光明
是伊幸福的網紗
汝予風雨磨出來的珠淚
是伊紩一身軀的鈕仔
這鈕仔無咧鈕，網紗也隨時褫開
歡迎位四方八達來到的
溫柔的目神

鹽_酸草

大海，毋通嫌我講話傷膨風唷
逐工伊的龍涎香若抹佇柔軟的尻脊骿時陣
連日頭公嘛會神神、迷迷
位天頂跋落來！

註：

1. 龍涎香（Ambergris）是一種偶爾會在抹香鯨腸道裡形
成的臘狀物質，早在九世紀時的伊斯蘭世界就是貴重商
品，用作薰香、催情劑、香料與特殊藥材等，當時龍涎
香被視為一種神祕的物質。（節錄自維基百科）

2. 紩，thīnn，縫。

流浪1

沙轆的紹連老師
送我時間的零件
齊齊揹佇尻脊骿
行過新埔海岸線
（雄雄，海風翻開冊皮讀出聲：
總在這一刻，感謝暗夜裡的神！）

註：
《時間的零件》，蘇紹連詩集。
齊齊，tsiâu-tsiâu，全部。

鹽酸草

流浪2

白沙屯的神像一尊一尊顧佇海邊
強欲登陸的水鬼一湧一湧退落去

我一步一步行袂開跤，一回一回
越頭，捽目尾，共「鏡頭回眸」
釣上岸（這是一个無跤蹄號的中畫）

彼是一尾一尾活靈靈的攝影佮詩
的思維，佇曠闊的陸海空中間，
大大下躘起來！

註：
《鏡頭回眸：攝影與詩的思維》，蘇紹連著。
躘，liòng，躍起。

開剖海翁

開剖海翁

汝恬恬黹佇八掌溪口的海邊
親像一座哀傷的島嶼
汝的腹肚越向海洋
漸漸失去迷人的芳味

曾經是大海的翁婿
汝佇藍空下自由有力的呼吸
是上蓋燦爛的水煙火
汝是海洋中，尊貴的王

為啥物汝會失去生存的意志
為啥物汝的喙內有燒燙燙的海砂

阮用海洋之子的目睭巡視
汝的身軀傷痕累累，尻脊骿

鹽_酸草

予海底的牆仔撞裂開，齒岸
一窟一窟是軟土深掘的印記
阮閣用懷疑的怪手欲進一步
剖開汝被人苦毒的真相

汝的腹內親像阮細漢記持中
一大片可愛的鄉土
有彎彎越越的小路佮美麗的山坪
毋過，即馬哪會四界攏是塑膠袋
套住春天的花，還有一撮一撮帶刺的網
網去阮夢中一尾一尾，海洋的詩句

汝無外久就會目睭空空龍骨垂垂
用標本的姿勢，仆佇一群一群
海洋之子濛濛的眼光內底

想著遮，阮只有望向海上的雲尪
吐大氣，想起細漢時

佇浴池內耍水，彼隻小海翁
古錐的小海翁，佇阮純真的身軀邊
自由自在，泅來泅去

註：

1. 海翁：hái-ang，鯨魚。

2. 尬：the，身體半躺臥。

3. 尻脊骿：kha-tsiah-phiann，背部。

4. 齒岸：khí-huānn，牙齦、牙床。

5. 苦毒：khóo-tok，虐待。

鹽酸草

2015年10月25日新聞：陳屍八掌溪出海口沙洲的抹香鯨，
經成大海洋生物暨鯨豚研究中心解剖後指出，這隻鯨魚除
腰部瘀血外，「胃部有大量漁網、塑膠袋」，也就是人類
污染海洋環境，間接殺死抹香鯨。

（2016第七屆嘉義桃城文學獎現代詩優選）

（2017.3.19於臺灣詩路詩歌音樂會朗誦）

開剖一隻埃及斑蠔

斑芝花開的時陣，我扷一蕊挾佇冊裡
到甲九月，雖然褪色，嘛閣暗暗仔芳

下暗讀經冊，經文流動像海湧
一隻蠔仔飛過來
帶著憂鬱的琴聲，嗡嗡叫
伊叮我無著，緗歇佇斑芝花頂

足久無開剖動物了，佇我的手術臺
杜蚓，蟮蟲仔，露螺，田嬰，想性命
的血跡斑斑，渒佇我的經冊裡底

我掠這隻蠔仔金金相，伊尻脊揹一支sū琴
是埃及古早神聖的樂器，伊六肢跤徛挺挺
喙管伸長長，親像武士的利劍。莫非

伊的祖先是神降下的災難，偷偷
綴先知摩西後壁位埃及逃出來的？

兩個月來，經常行佇東豐路無花的斑芝欉下面
我穿長裌仔閣兼噴防蠓的藥水，新聞報導
這區是府城天狗熱統濟的所在。毋過
也聽講，斑芝花（kabua sua）是西拉雅的聖花
散步中間，親像有祖先拍我的肩胛講免煩惱
終其尾恁一定會平安啦

九月的府城，佇舊約分開紅海的一段經文頂頭
這隻埃及斑蠓掠我金金看，伊是咧相我的啥物所在？
染滿悲情血跡經常攑手術刀閣生做像翅股實際上真軟
弱的雙手
抑是穿內褲門戶大開閣拄好會當予伊咬一喙的跤腿？
但是伊原在恬恬參我對象，頭殼欹欹目睭展大蕊

我想起蠓仔的歷史，比恐龍較久
毋過恁起先飛行附近，閣來坐車坐船坐飛機落尾
連網路也坐起去，紲汰甲規世界
恁用喙瀾傳播病菌，較早是Malaria這馬是天狗熱
每冬愛來一回

想著遮，我擋袂牢，就將伊掠上手術臺
準備十八種的酷刑，欲逼問伊所做的歹代誌
我的尖頭夾仔相準伊的身軀，顯微鉸刀园一邊
我用歷史的顯微鏡掠伊金金相，五時三刻
雄雄，我紲感覺悲哀

究竟伊嘛是為著傳宗接代，何況
一直有蜘蛛壁虎蟾蜍的恐嚇，也有
蚊仔水化學喙瀾的迫害

我將夾仔鉸刀放落來，用心共伊開剖
有埃及sū琴的高貴的蠓仔啊
神想欲赦免汝的罪，毋過為啥物
阮的街頭巷尾水溝公園花坩露臺水槽攏清離離
汝還閣會佇阮厝內覷？為啥物
汝這呢貪心，叮一回無夠閣四界叮，變成病媒體？
汝死罪可赦，毋過活罪難逃

我落尾跤斷伊的喙管，放伊飛去，講
希望明年三月汝變做一隻斑甲飛倒轉來
咱約佇斑芝花跤相見

埃及斑蠓起身飛出去
帶著哀傷的琴聲嗯嗯叫

註：

抾，khioh，拾取。

滒，kō，沾。

花坩，hue-khann，花盆。

斑甲，pan-kah，斑鳩。

鹽酸草

開剖伯勞

生物課
今仔日欲來解剖一隻伯勞
伊是有史以來活上久的鳥仔
估計在生之年超過五十歲
遮爾奇巧的鳥仔會使講是國寶
不只是保育類動物爾爾

這款的生物課
佇臺灣的歷史也算是千載難逢，這款的
伯勞仔也必然是臺灣頭臺灣尾踅透透
佇遮褫開伊秘思的內心。汝看，翅股曚曚仔振動
位北爿一直飛過來，飛過一江山，大陳
飛過東引燈塔，飛過南竿北竿，閣一直飛
來到國境之南，墾丁，太平島踅一輾
按呢，寒天熱天來來去去

伊的兄弟真濟予山頂的鳥仔踏掉去了，只有
伊茫茫飛入和平的海岸線，被愛鳥人士收留
紲活甲變做老鳥槌，甲人全款想欲食百二

這款的長命鳥，莫非外星派來的
咱來共解剖看覓，伊的身軀佮歷史
伊的頭毛真烏，有東方的特色
伊的喙管較硬，是海口野生的
伊的腳爪鈍鈍，有勞碌歹命過的標記
伊的胸坎四正，是經常徙位的品種
上特殊，伊的肚腸彎彎越越。是一幅
反共救國軍相戰的地圖

翻開鳥類的研究冊，有留鳥佮候鳥
伯勞仔一生註定上北下南飛來飛去

鹽酸草

獨獨這隻，流落佇南方的鵝鼻頭
伊，伯勞，毋是，應該是疲勞
伊位反攻大陸的時代倒轉來
歷盡風霜越過地雷火砲佮政權的變換
紲來歇佇一个無門扇無日曝無雨淋四序的櫳仔內
伊早暗看電視吹電風，等待。想欲閣倒轉去彼个
反攻大陸的所在，佮伊全款的
是一隻住佇水族箱內勼做杜蚓的小海龍
佇遐戀戀仔泅欶欶仔等

生物課的日子
天頂雲彩空空地面雨水四淋垂
咱佇無圍牆無鐵窗的厝內的一个無關門無欄杆曠闊
的鳥籠仔邊

咱用歷史的手術臺政權的手術刀政客的麻醉劑來開
破伯勞的一生
咱發現一个荒唐的結論

因為電視頂每一工攏看到規群青春的伯勞仔
位被大陸反攻的時代倒返來
因為彼个前線全面戒備磅空四通八達龍虎鎮守的
所在
已經變成旅舍餐廳滿滿是，人客休憩（kyuukei）
啉酒喝拳觀光四界耍，所有的
過去變成一齣布袋戲

這隻想欲食百二的伯勞仔，啊，應該是疲勞
伊未滿花甲之年就飛上天庭走揣往日的好兄弟
伊是頭殼內的線路相拍電死去的

鹽酸草

生物課，校外教學。咱開剖一隻伯勞仔
順紲開剖一跤歷史的烏箱，而
佇國境之北的北片
一群紅尾伯勞仔原在飛來飛去
有時歇佇燈塔有時徛佇阿共仔漁船的桅杆頂
有時落去捅一隻四腳仔有時閒閒看蛙兵純表演
礁岩頂面褪色的海靶圖猶閣囥佇水湧中央
後面一群燕仔懸懸低低踅過斷崖邊的海芙蓉
只是，向臺灣海峽的一排字已經改寫：
恁無刣伯仁仔，伯仁仔紲因恁而死

（第三屆臺文戰線文學獎頭獎）

開剖恐龍

我開剖一隻恐龍，伊髭佇一疊畫圖紙頂頭
我一直剖，一直剖，剖過一千萬張紙
原在看袂著伊的腹內，只是看著

家己摔落萬底深坑受重傷所留落來的血跡

（2016.4刊登海翁臺語文學172期）

壁虎下山

（華語、日語、臺語）

壁虎追逐一隻斑蚊
從大樓頂峰一躍而下
降落名為豐田的部落。又
越過「曼巴」，循著
「泰雅」圖騰進入神祕山洞

他好奇的探索，爬涉
經過「恰吉」而「馬爹利」而
「艾爾酷令」而「引擎」
但在「加母烈達」岩縫裡卡住了
癱軟的身軀垂掛十字交乂的線路上
就像殉道者一樣。而

驚駭過度的尾巴就此斷離關係
求生去了

隔日，部落的主子到來
啟動大地馬達。瞬間
「皮士動」撞擊內心，烈火灼燒全身
他哭號著，主啊，赦免我罪吧
只是追殺一隻蚊子

主子似乎聽到禱告，就來打開引擎蓋
拔出「火珠仔」檢視，突然
祂發現這「加母烈達」殉道者，大叫：
我親愛的孩子，「蟮虫仔」，主赦免你了

壁虎從此正名「蟮虫仔」，並列名聖道士

註：

「曼巴bumper（bar）」保險桿，「泰雅tire」輪胎，「恰吉charger」充電器，「馬爹利battery」電瓶，「艾爾酷令air cleaner air」空氣濾清器，「加母烈達carburetor」化油器，「皮士動piston」引擎活塞。均是修車師傅常用的臺式日本外來語。

（選入2015年臺灣詩選，

2016.1.10於紀州庵文學森林朗誦）

蠓仔經

踅過蜘蛛的天羅地網閃過噴霧器的化學攻擊閣逃出
蟮蟲仔虎口的一隻蠓仔，無意中蹤入去一個修行的
所在。伊歇落來，位心頭吐一口氣。

嗡，好家在，神明有保庇。

一個喙鬚鬚鬚，仙風道骨的歐吉桑佇遐唸經，內
容複雜，有一寡毋知是啥物語言。蠓仔聽甲真無
趣味，就佇伊的四箍輾轉飛來飛去，說法，唸蚊
仔經。

「如是我聞」
「唸經愈單純愈有感應，因為」
「神愛處理全宇宙的代誌，閣愛聽各種語言的祈
求，真無閒」

「簡單幾字就好,汝看」

「阿拉阿拉真偉大,七字」

「唵嘛呢叭咪吽,六字」

「無太佛彌勒,五字」

「哈列路亞,四字」

「神保庇,三字」

「天啊,二字」

「嗡,一字」

講suah,

一支佛塵雄雄捽過來,蠓仔昏昏死死去。

「講啥物蠓仔話!」

臺灣小食部名菜

臺灣的小食世界有名，臺灣的小食部也是世界統濟。
汝敢知影佇小食部統出名的菜是啥物？
「怪手」，怪手是一道頂下港攏真轟動的本土手
路菜。

逐擺若佮酒友去小食部，恁一定會點「怪手」，食
得珍珍有味。而且怪手加酒精了後，就會發動，將
小食部當做侏羅紀公園，伊腹肚內的怪手蹤倒出
來，變做恐龍，四界追，追得嬌嬌的孔雀颺颺飛，
芳芳的粉鳥啾啾叫。閣有，尾仔翹翹的白兔覕甲
無路。

毋過，對這道菜，我一直毋敢食，因為我驚伊入去
腹肚內，會開始施工，挖去我庫存的四書五經，甚
至將冊房攏拆拆去。按呢，我就會帶胃腸病。也

因為按呢，朋友攏笑我，tshuā你來遮，無彩錢無彩人。

我已經非常久毋捌去小食部，聽講，這幾冬的手路菜已經被越南菜「黜塗機」取代了。

註：

黜塗機，thuh-thôo-ki，推土機。

臺灣小吃部

一番坐檯：擔仔麵

恁攏位反攻大陸的年代
坐船來，半眩半醒的時陣
浴池猶擱有一寡海水

阮的身軀像島嶼
上懸芳芳水水，下面有
青春佮愛情。恬恬汩過

佇這个大陸反攻的時代
逐位攏有小吃部
毋過阮的河邊種的是豆芽
毋是進口的大陸妹

二番坐檯：鼎邊趖

做伙來跳舞吧
咱的青春一直行
溫度若有夠
就會順著熱怫怫的火鼎
一蕊一蕊開花結果

吉魯巴，趖來趖去
咱的愛情佇耳邊
加油添醋，氣味
微微仔，微微仔酸
若真擱若假

三番坐檯：棺材板

三番的人客
是五十外歲的大哥
伊kā頭殼tshun入來阮的身軀
擱勼倒轉去
伊儉腸neh肚來
要揣的是新鮮的山珍海味

只愛對準事業線，咬一嘴
啊，紅花柳綠滿天星
干若月娘輕聲甲伊講
專心愛阮嘛，莫擱去想
升官發財的代誌

鹽酸草

四番坐檯：蚵仔煎

莫tshap伊選舉抑是做風颱
你出卵我出菜，做伙來

門床燒燒親像平底鍋
喙瀾澹澹流出愛情
有卡那西的暗暝
蚵仔白菜佮煎匙大合唱

位海邊來的蚵仔較新鮮
位山頂來的白菜較幼秀
來來，無情的愛配有情的酒

閣有黃拎拎的月娘攤開開
扑佇熱烘烘的飯菜頂

五番坐檯：浮水魚焿

阮的島嶼浮佇南方
坎坷的命運化做水湧
陪伴海鷗泅上雲頂
一陣閣一陣

你的船隻停佇北爿
逐工看到的是
白雪雪兼豐滿的胸前
你看袂著的是
烏烏暗暗，碎糊糊的內心

鹽_酸草

六番坐檯：魚肚麵線

一寡酒精落咽喉
歸暝吐絲的那卡西，啊，那卡西
一直奏一直奏⋯⋯　奏袂停
你講阮的愛比麵線較長較白較軟閣較純
你講阮的情無頭無尾無尻脊無骨髓只有迷人腹肚皮
那卡西，啊，那卡西
一臺閣一臺輾過去
這个世界已經爛糊糊
你終其尾位夢中行出來
展出虱目，綳雄雄發現原來
海底無情的薑絲一條一條
比咱的人生較苦閣較蔘

註：

熱怫怫，jiat-phut-phut，熱烈。

黃拎拎，ng-gìm-gìm，形容顏色金黃。

鹽_酸草

2016.2.6大目降的中山路

中山路頭的大樓咧欲崩落來了
伊的額仔青恂恂

中山路中的年貨老街閃閃爍爍
人聲喊喝，強強滾
（1946.12.5透早，彼塊看板下面是阮表舅受難的
所在）

中山路尾我佇四樓頂的畫室
親像予機關銃掃過，倒的倒，碎的碎
只賰幾若冬前佇復活節畫的耶穌，原在徛挺挺
伸出伊的傷痕共我揬手

「免煩惱」
「29暝過去，猶閣是一个新的開始」

風聲

真久以前的風聲
這對逐工手抾黏做伙，腰帶纏做伙，頭毛結做伙
恁出恁入的愛人
過這个年就欲結婚矣

最近的風聲
恁佇二九暝進前，天光進前，洞房花燭進前
土跤底的惡魔雄雄傱出來，用伊怨妒的斧頭
將準備四序的新娘房摃甲倒倒去

昨昏的風聲
佇彼棟淪陷的大樓的東月
有khī khi硞硞挵壁的聲音
親像有人真大力咧喝救命

鹽酸草

毋過，下暗的月娘
探落去壁孔內底看清楚
伊講，彼是風吹著一幅甜蜜的合照
相框中的情侶一直咧硞壁，祈求神

保庇予怹後世人結為夫妻的哭聲

註：
手捗，tshiú-pôo，手掌。
焄，tshuā，帶領。

意象

透早，日頭猶閣來大目降散步
伊攑頭，雄雄心肝tshiak一下
入口意象那會變按呢？

京城的牆仔敨一月了
愚公將山移過來伊的牆仔跤
恐龍大軍位山跤peh起來矣

城門頂有蟋蟀仔吱吱叫
伊當咧共觀音菩薩報告
恐龍是欲來幫恁重新建設的

而且，這个地牛翻身的意象
愛閣佇老街意象頭前
徛幾仔個月

我袂曉為地動寫詩

我袂曉為地動寫詩，因為
文字無法度疊出一間樓仔厝
甚至干但一面低低的牆仔

我袂曉為地動寫詩，因為
文字無法度復活一個人的身軀
甚至只是一支小小的尾指頭仔

我袂曉為地動寫詩，因為
文字完全無能填滿一條一條
地上佮地下大閣深的空喙

救難的兄弟已經撤退了
支援的志工已經轉去家己的工作崗位了
鄉親的遺體已經塵歸塵土歸土了

失去岫的鳥隻已經去歇佇別人的厝角了
這個城市這條路已經整理甲清氣tām tam
鬧熱的車輛佮人群也呼呼叫，一直去
我原在袂曉為地動寫詩

若目睭瞇瞇的時陣
一寡鄉親的哀愁就會落入我液化的心肝底
佇遮，我猶原還袂曉為地動寫詩
毋過，規窟的文字已經擋袂稠，早就溢出堤防

四界流

（刊登2016.4鹽分地帶文學第63期）

壁虎佮蟮蟲仔

大地動了後
一寡壁虎攏khiau去
𬦰佇伊按算一世人偎靠
的壁堵下底
（雖然伊是gàn鋼的）

可是遐肉身的蟮蟲仔
一頓食一隻蚊子的蟮蟲仔
有的佇壁縫中生存落來
有的

佇驚險中傱出來
只是斷一支尾仔爾爾

一隻是現代化的虎
一隻是土生土長的蟲

準講汝所愛的是壁虎
嘛毋通嫌蟮蟲仔

註：

鎖在牆面的鋼製螺絲，臺語稱壁虎。寫於2016.2.21世界母
語日。

捋壁

捋壁的聲音
就親像佇軟kauh-kauh的暝尾
日頭忽然間帶著滿面春風來
拍阮的窗仔

毋過只是一擺爾爾，彼个鐘聲揀向胸坎
予咱的血脈象通，心頭phì phok tshái

捋壁的，過來閣離開
伊的心，佮阮敢是隔開幾若重的銅牆鐵壁
若無那會日頭佇山的彼爿，愈行愈遠

黑暗來了
捋壁的是siáng？
阮佇天星下面祈禱，啼哭，請求

神閣再共伊撐起來
彼隻拼壁的手

（2016.3.20於臺灣詩路詩歌音樂會朗誦）

鹽_酸草

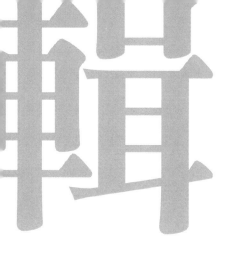

一張故鄉的形圖

一張故鄉的形圖

一蕊真面熟的烏雲
浮佇天頂幾若工矣
今仔日開窗予伊入來
雨，下佇茶鈷內底

這支古董茶鈷，卡一層黑沈香的歲月
我用伊泡茶，一杯閣一杯
攏有我熟眼的色水，熟鼻的芳味
伊的紋路，一巡一巡
迵來我用過幾若十冬的額頭
我無意中偃倒一杯茶水
伊含著春天的滋味，恬恬漩落
故鄉的形圖，順著記持淀出去
……
有真幽美的山坪佮溪谷

鹽_酸草

有真青翠的杉林佮茶園
有真可愛的鳥隻佮水鹿
像雲尪仔佇天頂踅來踅去
有時陣，越一個頭
閣化做彩虹掛佇溪仔垹

一張故鄉的形圖
有霧霧醭醭的身世
雨水沃落去
就卜出我古早古早的心肝穎
一心二葉，溫純純幼咪咪的
凍頂烏龍茶

一條數念流落來的
雨水摒落濁水溪，流過北勢溪

佇山谷中泅來泅去
我的茶鈷耳襇開斟酌聽
親像有囝仔嬰的號聲

一條茶水沖出來的溪河
流過阮的田土，流入去阮的老厝
我的茶鈷嘴開開，托下頦
親像咧聽阿祖佇月光暝唱歌啦曲
兼講一個古早羌仔寮的故事

一條血脈淀落來的故事，綴尾流落
去一落紅紅黑黑的三合院
內底的鳥隻展開翅股
一隻一隻南北二路飛出去
有的飛去玉山彼爿

鹽_酸草

有的飛向臺灣海峽
有的越過太平洋
只有我飛來這個燒熱的
南方小城市

拍開的門窗
又有黃昏的鳥隻飛入來
伊的翅股足像我的兩片手葉
撇咧撇咧幾若十年，疲勞放下
垂垂軟軟，园佇故鄉的形圖面頂

佇故鄉的形圖面頂
我掀開茶鈷蓋，將鹿谷的
一心二葉做一下襤開
想欲問汝，關於故鄉的代誌

註：

羌仔寮：鹿谷舊名稱「羌仔寮」，據說昔日是羌群棲息之地，曾因獵羌者搭茅寮聚居在此發展成村莊而得名。

（2016年南投玉山文學獎優選）

鐵馬流浪記

大爆擊的時陣
市內人緊急逃避去庄跤
阿爸也騎鐵馬載阿母疏開
逐條路雄雄狂狂，彼站
一間樓仔厝換袂著一隻鐵馬

讀國校的時陣
統歡喜鐵馬若來，就有
賣冰的聲、賣豆花的聲、賣雜貨的聲
燒肉粽的聲、麥芽糕的聲……閣有
阿爸下班轉來的聲

讀初中的時陣
扗才有家己的鐵馬
寶貴的馬啊，逐工愛食肉油

食甲油洗洗、金爍爍
雖然阮是瘦巴巴欠油腺

大學的時陣
聽講知識大爆發
我騎鐵馬去圖書館借冊
頭前無電火，後面無鐵架
身軀揹一个布袋

經濟大起飛的時陣
汽車、ootobai窒倒街
風水輪流轉，彼站
千隻鐵馬換無一間樓仔厝
經濟閣陷落的時陣
流行騎鐵馬運動

鹽酸草

有人是想欲減肥
有人佇街仔路玲瑯踅

鐵馬流浪一世紀矣
彼个賣燒肉粽的嘛已經別世
伊原在一條鐵練拖兩个車輪
伊不管牌子名字按怎變，本性
就是遊俠一个

（刊登於2017.2臺客詩刊第六期）

海洋的滋味

關於海洋的滋味，想著較早
佇東引練做四腳仔兵被捒落海時
就認定伊是像膽汁遐爾仔苦

彼時陣，我的舌呅呅掣
閣親像規座海島攏震動起來
這是我第一擺，否認海洋的滋味是鹹的

退伍了後，我時常去安平海邊行踏
天頂照常是細漢時陣的天頂，日頭
原在是阿祖時代的日頭，只是海浪浮浮搖搖
是Cola的滋味

我懷疑，彼支矸仔一定是看過我予人捒落水
彼陣的泅水方式。伊內底充滿海水的恥笑

鹽_酸草

而且笑聲閣包括一隻被我當做阿共水鬼
的海龜

這馬食老，漸漸
我注意著壁頂的臺灣地圖一直咧轉踅
有時黀向海有時倒向洋有時徛挺挺
有時閣親像我不斷大起來的舌
吶過左爿有toro舐到正爿有海瓜子
只是伊嘛一直咧拍海湧，伊講海洋啊
有時湯頭甜甜有時閣有lún lún膽膽的味

無疑悟有一工出癖，去參加一寡人祈禱
恁用舌拍出海海的人生，拍出洋洋得意
恁逐家恍恍，神神，咬舌咬舌
但是攏坦白用方言喊喝，阮的海洋有
臺灣味

註：

掞，tàn，丟擲。

呸呸掣，phih-phih-tshuah，因恐懼而身體發抖。

Toro，日語，鮪魚的魚腹部分。

（登於2015.10臺文戰線第40號）

鹽_酸草

愛情向前行

后里的馬仔答答滴向前行
汝佇內箍跙，我佇外圍綴

愛神的箭射著紅紅的心肝穎
我坐佇汝的靶上唱歌
汝徛踮我的胸坎拍噗仔

鬧熱的雲尪飛過頭殼頂
兩隻白色的天馬頷頸交
相纏，一對比翼鳥佇天邊
用彩虹掩嚓管微微仔笑

時鐘順序轉，青梅騎著竹馬
汝佇頭前拖，我踮後壁綴

咱將故事的跤跡挨向未來
一格一格，兩人三跤

愛情向前行，雙人鐵馬
向豐原，有時衝懸有時落崎
閣有時陣，咱嘛會絪絪攬做伙
親像一粒Tokeso

Tokeso，包起來
是圓滿飽滇的家園，褫開
是甜粅粅芳貢貢的日子

伊高貴美麗的花蕊，是
上帝所賜，會祈禱的時鐘

咱的愛情就像這个時鐘

答答滴，向前行

註：

Tokeso，百香果，花朵形狀很像小時鐘，故稱時計草。

箍，khoo，圈子。

踅，seh，轉動。

拄，tu，推。

甜物物，tinn-but-but，形容非常甜。

（2016第一屆后里甜蜜心事文創獎第三名）

黑白想

創世紀以來
人本是無穿，後來
愈穿愈濟，愈華麗

現在，有人愈穿愈少
甚至褪光光

盤古開天以來的禮教
佮野生動物同款，後來
愈設愈濟，愈嚴格

現在，攏講莫管遐濟
四維八德像違章，喝拆就拆

有文學以來的文字
本是橫直簡單的筆畫
後來，愈寫愈繁，愈妝愈媚
眼耳鼻舌身意也攏參與

後來，有人坐禪坐甲無字
無眼耳鼻舌身意

來到現代後現代，各展神通
佇白雪雪的無明內底
色聲香味觸法，紛紛
化做文字竄出來

創世紀是一場夢
人的阿達馬一直在轉
死去就聿骨力，活起

又擱咻咻叫

（啊，神來了，毋通黑白講！）

（2017.5刊登臺江臺語文學季刊22期）

鹽酸草

電腦戀歌

網路的宇宙無限大
每一个天庭攏有一場戲
每一个仙人攏有一支上帝的指頭仔

點落去，創世紀
一个亞當，一个夏娃開始
無限的人面攏活起來，靈靈
佇阮的世界內底

狗蟻冊，愈蟻愈感
人面冊，愈翻愈濟

佇遮，人人是上帝
一支指頭仔，點出風雷雨雪
越一个頭，化身幾若萬个

有足濟名字，足濟面腔的汝
定定坐佇千萬里外
偷偷用目尾捽，等待阮哀一聲
讚！

敢知影，阮的畫眉一直飛一直飛
阮的目箭一直鑽一直鑽
想欲去佮汝相會

不管三十三層天，七十七重地

阮佇三月的落雨暝
一粒插電的腦，一片無限闊的空
一張無所不至的相思網

鹽_酸草

規个世界，攏是咱的

（收錄於2017年野薑花詩選）

一支烏趖趖的茶鈷

一支烏趖趖的茶鈷
真細膩囥佇掌中央
我提手巾仔拭予黑金黑金

汝的身軀有故鄉的土砂佮溪水
燒甲一千外度，拍著胸坎璫璫叫
親像祖先開墾，掘著石頭碰硞硞
喝出艱苦閣硬骨的哀痛

一支烏趖趖的茶鈷
是細細塊的土勻勻仔捏，細漢捏甲轉tsiânn
頭前鬥細喙後面安大耳，請汝詳細聽

汝的血脈是Siraya，一條長lo-ló
彎彎越越，烏山來的菜寮溪

鹽_酸草

化石一塊一塊予歷史的水流沖出來，內底
有虎豹獅象，鹿仔犀牛四界走跳的聲
有海翁鯊魚，珊瑚海膽佮海湧激情的聲
閣有三千冬前的先民，「左鎮人」的喝咻

一支烏趖趖的茶鈷毋是中國宜興壺
毋是日本沖仔罐，是陶土菜寮土破布子的柴窯燒
是土生土長閣無化裝、無上釉的，Siraya茶鈷

我共洗茶的水沓沓倒出來，佇施工過的茶盤頂
親像溪水那行那哮，行過南庄、西埔、摔死猴
行過牛食水、臭堀仔，細漢看天星的所在
想著阿祖

汝細細个仔的喉空綴塞著，哭袂出聲
1915年，覕佇弓蕉園的阿祖無閣倒轉來
伊教的Siraya語，Reya（平安）！maray（快樂）！
一直，一直咧捒我心內的暗門
彼道門內有河埔的跤蹄號
有我佮阿爸走相逐的跤步聲
閣有，1947年的銃聲

一支烏趖趖的茶鈷，閣園落來
汝的身軀邊是一張古早的戶籍謄本
寫著阿公阿嬤的姓名，頂頭有一字「熟」
朱砂的圓箍仔生鉎生鉎

離開故鄉已經數十年，佮繁華都市真熟
只是菜寮的名字強欲袂記得

鹽
酸草

祖先的話，已經封佇化石內崁佇河埔底
睏佇草中央。人講彼是1830年就過身的語言

烏趖趖的茶鈷啊，汝腹肚內泡的是破布子根
毋是高貴的茶心。汝倒落茶杯的是苦閣澀
陳年的目屎

佇遮，我將心內的門拍開矣
咱的歷史文化，咱的話，咱原底的名字
像一葩風中的燈火，若明若暗

烏趖趖閣有Siraya血肉的茶鈷啊，我用故鄉
阿立祖的壺水共汝拭，我剪斷汝
頭殼頂彼條用虛花編織，束縛的紅線
請汝徛起來，徛起來！

咱欲踏過惡土peh過月世界,咱欲來去走揣

彼條,生迸迸的根

註:

1. 語言學家李壬癸院士曾推論,西拉雅語大約在1830年左
   右死亡。但由於西拉雅正名運動熱烈進行,復以地方政府
   的協助,西拉雅語的蒐集研究及課程安排逐漸開展中。

2. 左鎮人:1970-1974年間,臺南左鎮菜寮溪的「臭堀」發
   現的三件人類頭骨化石,經過日本學者鑑定後,判定為
   現代人種,推測絕對年代距今約有2萬至3萬年之久,並
   將之命名為「左鎮人」。2015再經美國Beta實驗室、澳
   洲國立大學進行檢驗,估計距今約3000年。

3. 1915年有焦吧哖事件。1947年發生二二八事件。

4. 戶籍資料註記「熟」:日治時期戶口調查簿、寄留簿及
   除戶簿種族欄註記「熟」者,係平埔族。

5. 惡土:左鎮地區全鄉幾乎由白堊土所形成,乾燥時硬似
   石塊,遇雨時鬆軟成泥,被視為惡土。

(2016第六屆臺南文學獎臺語詩佳作)

鹽_酸草

手指

手指若套佇手指頭仔
汝的指指會指向何方？
婚姻若箍佇頷頸面頂
汝的頷頸硬硬一直踆
會越向啥物所在？

手指若框佇頭殼頂
汝的手會結出啥物款的指仔花？
頭毛喙鬚剃甲光溜溜
汝的目睭神神飛過鼻空
欲去佗位歇岫？

咱的影隻總有一工瘸入土跤底
彎彎斡斡黑黑暗暗

咱的腳步，欲對佗位去？
天堂佇頂頭，西方佇天邊

手指若囥入去胸坎內底
向望有一工，伊會浮上樹仔尾
七粒星會參汝講話

彼時陣，咱的內心是無限曠闊
彼時陣，所有的指頭仔，比手畫刀
咱的指指指指指，指向上
蓋蓋蓋原初故鄉的代誌
彼時陣

規个人，位頭殼心光到腹肚內
規个世界，位天頂光到土跤底

註：

指：kí，指出方向。指：tsáinn，中指食指尾指等。指：tsí，手指，戒指。

指：tsíng，手指頭仔。指指：kí-tsáinn，食指。

（2016.6.11臺灣詩學吹鼓吹詩論壇

「詩與畫的交響曲」臺中文學館朗誦）

粉紅色的噗仔聲

一月通過全民檢定
二月就規山坪櫻語了

（北風走去矣）
啥物風共汝吹來的？

今仔日透東風
我帶小鸚哥YUKI來
跟隨歡頭喜面的春天
經過各族群的跤跡
來到櫻花樹跤

我攑頭喝一聲，Sakura！

鹽酸草

雄雄Yuki飛起來

粉紅色的噗仔聲，一陣一陣

飄落阮的身軀頂

（2016.2.14九族文化村櫻華詩會朗誦）

古早喙脣

用古早喙脣講歷史

有特殊的氣味

汝看，這个喙脣

重巡閣雅氣，伊講的歷史

苦苦兼甜甜，予人聽了

會想欲放下哀怨

恬恬，坐落來啉咖啡

註：臺南安平東興洋行的基座通風口，形狀像似嘴唇。

（2016.2.23中華日報副刊）

鹽酸草

相相

不管由海外海，還是天外天。
不管位創世紀，或是蒙昧期。
總是，佇遮來相見。

水水相相，光光相相，日日相相，月月相相。
字字相相，句句相相，心心相相，相相相相。

相相無了時。咱攏是
一條捘袂焦的水，一欉枵袂蔫的樹仔。
楞楞愰愰，想欲轉去侏羅紀。

註：
相相，sio-siòng，互相注視。
捘，tsūn，撙、扭轉。
楞楞，gong-gông。

搖錢樹

豪爽啉一暝，天光了後
公園內底燒酒四湳垂
這个樹仔兄
面色黃phi-phi，捾水捾水
哎唷，兼捽斷手骨！
我目晭沙微沙微偎來看
啊，汝的名牌有臭青味
汝的名字佇風聲中飄浮
汝敢若，號做搖錢樹？

註：
捾水：kuānn-tsuí，水腫。

鹽酸草

春天無人鼻

透中畫的橋南老街
春風微微
湖水攤開身軀
鵤鵤叫
可憐的柳樹枝，妝甲嬌滴滴
Hiù芳水，使目箭
無人鼻

路燈暝

路燈暝，天頂干但一眉仔月娘
水池邊的四腳仔目睭Kāu ham- Kāu ham
水池內的水牛角佮耳仔全款仆仆
恁共月娘訴哀怨

水池無水，四跤仔無蠓通食
無水通洇，水牛半身洇落土跤底
釣四跤仔的，牽牛的，囡仔兄
攏去麷佇燈下看蟋蟀仔矣

蟋蟀仔嘛肫龜肫龜，叫袂出聲
哎，哀怨的路燈暝

註：

Kāu ham- Kāu ham：眼皮浮腫。

洇：bit，沈落。

翁相師

湖面的小島嶼，裂一聲
無風無搖倒大樹
身邊的好兄弟，攬胸徛挺挺
攏無出手來相救
遠遠，歸群的鴛鴦水鴨
凡在做伊泅⋯⋯

岸頂的翁相師，瞭一下
世間的冷暖收入來
翁相的角度天安排
伊只是，劍袋仔囥相機
揹跙尻脊骿
學人大俠四界游⋯⋯

黃昏的鳥隻啊，啾啾叫
「tann著害，故鄉的日頭跋落海
水底當咧做風颱！」
翁相師，左蕊沓沓仔瞌
正蕊寬寬仔開，翁一張……
「免煩惱，明仔載天光
伊就閣再peh上山尾溜！」

鹽草
酸

鵝來鵝去・烏白想

鵝，猗鵝，是食冰、耍冰、睏冰，上介*毋*驚艱苦的鵝。
鵝，天鵝，是穿嬌嬌飛雲頂，坐大位，叫聲嘹亮的鵝。
鵝，土鵝，是逐工泅來泅去，行來行去，等王羲之
用書法來換的鵝。

*毋*管啥物款的鵝，*毋*管佇佗相見，攏愛Say Hello
而且互相提醒，父母傳落來的的鳥仔愛顧予牢，
*毋*通終其尾，賰一个孤孤單單的我（它）。

（刊登2017.1新化社區報）

秋天啊

汝將
早起的風聲裰甲薄縭絲
共午后的溫暖剪甲幼麵麵
害阮的憂鬱睏袂去

阮只好只好……
用一瞥一瞥的眼光
共汝嬌嬌的哀愁畫上天

秋天啊，雖然汝的面腔
是一片枯焦
阮淺蔥的日子
原在意綿綿

鹽_酸草

註：

薄縭絲：poh-li-si，形容東西厚度很薄。

幼麵麵：iù-mī-mī，細嫩。

淺蔥（Asagi-iro）：日本傳統色系中的顏色。

青翠的稀嫩

初春的時
掌中鳥一隻一隻飛出去
我雙手空空搖擺
親像風中的枯枝

我只好用目睭掠物
不斷攔入目睫門的
是一蕊一蕊湖面的稀嫩

寒露的時
我揀開窗簾
滿山青翠溢出目睭墘

春天的彼隻花眉仔
原在徛佇額頭撲翅
笑微微

鹽_酸草

註：

攔，ânn，攬入。

簾，lî

孤枝

冬尾寒gi-gi

看寒士唰食腥臊

東爿的枯枝大聲喝

おいしい！おいしい！

西爿的樹尾較聽嘛是

烏魚子！烏魚子！

話語的衝突夕溝通

規欉樹仔齊振動

兩爿靜甲欲死

終其尾，樹頭出來排解

不如相招釘孤枝

約好新春閣較過去

看啥人先暴出一葩

奧妙的好歌詩

鹽_酸草

我就賞伊一棚布袋戲
閣佮一桌「滿漢全席」！

註：

齊，tsiâu。

諍：tsènn，爭辯。

這款的樹欉

有時空中輾
有時綴風飛
正反倒反正反閣倒反……
看伊舊葉落了了了
想袂到
無張無持閣挨出黑雲
暴一穎

註：

輾，liàn，滾動。

正反倒反，tsiànn- píng tò-píng。

暴穎，pok-ínn，發芽。

鹽酸草

準講

準講秋天的憂愁薄縭絲

千搉萬搉搉袂離……

準講落葉的哀怨黃phi-phi

千流萬流流袂去……

佇這个冬尾的最後一工的最後一暝的最後一刻

新的希望定著會佇統黑暗的所在發光

會踮蓋蓋軟弱的所在暴穎……

註：

搉：liû，解開線紬或布條。

種子

硬骨凌霄族的

紅花風鈴木

佇遮爾寒的春天

一捾一捾挨挨陣陣

一葩一葩親像煙火

爆發千萬粒的種子

（種子含水13％，一公斤45000粒籽）

鹽_酸草

等待

攑頭看天，恬恬等待
汝光了就換我光

臺灣詩學25週年　個人詩集04　PG1925

鹽酸草

作　　者 / 王羅蜜多
責任編輯 / 林昕平
圖文排版 / 周好靜
封面設計 / 楊廣榕

發 行 人 / 宋政坤
法律顧問 / 毛國樑　律師
出版發行 / 秀威資訊科技股份有限公司
　　　　　114台北市內湖區瑞光路76巷65號1樓
　　　　　電話：+886-2-2796-3638　傳真：+886-2-2796-1377
　　　　　http://www.showwe.com.tw
劃撥帳號 / 19563868　戶名：秀威資訊科技股份有限公司
　　　　　讀者服務信箱：service@showwe.com.tw
展售門市 / 國家書店（松江門市）
　　　　　104台北市中山區松江路209號1樓
　　　　　電話：+886-2-2518-0207　傳真：+886-2-2518-0778
網路訂購 / 秀威網路書店：http://store.showwe.tw
　　　　　國家網路書店：http://www.govbooks.com.tw

2017年11月　BOD一版
定價：320元
版權所有　翻印必究
本書如有缺頁、破損或裝訂錯誤，請寄回更換

國家圖書館出版品預行編目

鹽酸草 / 王羅蜜多著. -- 一版. -- 臺北市 : 秀
威資訊科技, 2017.11
　　面 ; 　公分. -- (個人詩集 ; 4)
BOD版
ISBN 978-986-326-492-7(平裝)

851.486　　　　　　　　　106020225

讀者回函卡

感謝您購買本書，為提升服務品質，請填妥以下資料，將讀者回函卡直接寄回或傳真本公司，收到您的寶貴意見後，我們會收藏記錄及檢討，謝謝！如您需要了解本公司最新出版書目、購書優惠或企劃活動，歡迎您上網查詢或下載相關資料：http:// www.showwe.com.tw

您購買的書名：＿＿＿＿＿＿＿＿＿＿＿＿＿＿＿＿＿＿＿＿＿

出生日期：＿＿＿＿年＿＿＿＿月＿＿＿＿日

學歷：□高中 (含) 以下　　　□大專　　　□研究所 (含) 以上

職業：□製造業　□金融業　□資訊業　□軍警　□傳播業　□自由業
　　　□服務業　□公務員　□教職　　□學生　□家管　　□其它＿＿＿＿

購書地點：□網路書店　□實體書店　□書展　□郵購　□贈閱　□其他

您從何得知本書的消息？

　　□網路書店　□實體書店　□網路搜尋　□電子報　□書訊　□雜誌

　　□傳播媒體　□親友推薦　□網站推薦　□部落格　□其他＿＿＿＿＿＿

您對本書的評價：(請填代號　1.非常滿意　2.滿意　3.尚可　4.再改進)

　　封面設計＿＿＿　版面編排＿＿＿　內容＿＿＿　文／譯筆＿＿＿　價格＿＿＿

讀完書後您覺得：

□很有收穫　□有收穫　□收穫不多　□沒收穫

對我們的建議：＿＿＿＿＿＿＿＿＿＿＿＿＿＿＿＿＿＿＿＿＿

＿＿＿＿＿＿＿＿＿＿＿＿＿＿＿＿＿＿＿＿＿＿＿＿＿＿＿＿＿

＿＿＿＿＿＿＿＿＿＿＿＿＿＿＿＿＿＿＿＿＿＿＿＿＿＿＿＿＿

＿＿＿＿＿＿＿＿＿＿＿＿＿＿＿＿＿＿＿＿＿＿＿＿＿＿＿＿＿

11466
台北市內湖區瑞光路 76 巷 65 號 1 樓

秀威資訊科技股份有限公司　　　收

BOD 數位出版事業部

....

（請沿線對折寄回，謝謝！）

姓　　名：＿＿＿＿＿＿＿　　年齡：＿＿＿＿　性別：□女　□男

郵遞區號：□□□□□

地　　址：＿＿＿＿＿＿＿＿＿＿＿＿＿＿＿＿＿＿

聯絡電話：(日)＿＿＿＿＿＿＿＿　(夜)＿＿＿＿＿＿＿＿

E-mail：＿＿＿＿＿＿＿＿＿＿＿＿＿＿＿＿＿＿